与謝野晶子　童話の世界

古澤　夕起子　著

嵯峨野書院

晶子童話の世界へ――はしがきとして

与謝野晶子は、五万首と言われる短歌を詠んで二三冊（合著を含む）の歌集を出し、一五冊の随想集を著わした。加えて三冊の歌論歌話、二冊の小説集、各一冊の詩集と紀行文集、『源氏物語』をはじめとする古典文学の現代語訳をなし、鉄幹与謝野寛の伴侶であり、一一人の子どもの母親であった。その六三年の生涯はまさに〈生きて、愛して、表現した〉と言うにふさわしい。（単行本の冊数は生前刊行のもの）

晶子は童話、童謡、随想、文化学院（大10創立）での教育活動など、さまざまな分野で子どもの文学や教育と関わったが、その土台にあったのは〈人としていかに生きるか〉という問いかけであった。目の前の具体的な事柄に即して問い続ける姿勢、男女の性差よりも普遍的な人間の在り方を探り、〈人としていかに生きるか〉を根本に置く考え方など、最初の随想集『一隅より』（明44）には、晶子が、福沢諭吉の『女大学評論』『新女大学』（明32）の精神の継承者であることが明らかになっている。

当時の風潮は幼い頃から性差を意識させ、男児は男らしく、女児は女らしく育てるというものであったが、晶子は「十四五までは男女両性を殆ど自覚させないで教育したい」と考え、男女を問わず学問があり、論理的で、どんな仕事も誠実にする「上品な立派な人間に」なることを願った。また、少女に「良妻賢母」を理想像として押しつける政治家や教育者に向かっては「良妻賢母を作る前に立派な娘を作れ、立派な娘を作る前に立派な人を作れ」と呼びかけたのである。

本書で取り上げる晶子の童話は、我が子への語り聞かせの中で生まれ、「少女世界」や「少女の友」といった少女雑誌の創刊に促されて書き始められた。創刊二年目の「少女世界」に「金魚のお使」を書いて、甲武鉄道千駄ヶ谷のステーションからお茶の水行の電車に乗ってお使いに行く三匹の金魚を登場させたのが最初である。明治四〇（一九〇七）年六月のことであった。子どもの身近に取材しながら空想的な世界と自在に往還するのが晶子童話の魅力で、「金魚のお使」には早くもその特色が表れている。童話の執筆期間は大正自由教育が花開いた大正一五（一九二六）年までの二〇年間に及んだ。作品の数も多く、一〇六編の短編童話と四編の長編童話があり、児童向きの作品と少女小説系統の作品に大別することができる。

晶子の児童文学・文化上の活動は上笙一郎によって発掘され紹介されたが、研究者からは「ふとした思いつきをそのまま構想を練る暇もなく、子供たちに語りかける母親童話」であるとか、「内発されて児童文学をはじめたのではなく、生計のための一種のアルバイト」に過ぎないとか評されてきた。日本児童文学史の本を開いてみても、「愛子《あいし》叢書」の一冊『八つの夜』（大3）の作者として名前が記されているばかりである。

しかしながら、二〇年にわたる童話執筆の最終期に書かれた「文ちゃんの街歩き」（大12）には次のような前書きがある。

> 私には昔から一人のひいきな子供があります。
> 私は文ちやんの話をするのだと思ふと自分がもう大層いい気持になつてしまひます。其が何時もの癖で、聞いていらつしやる方が面白くなくつても私一人がそれで面白くなつてしまふのですから厄介ですね。

ここには、「文ちゃん」の活躍する童話を書くことが晶子自身の愉しみであると吐露され、我が子への語り聞かせから始まった晶子の童話が、内発的な表現の一分野として根を下ろしたことが明らかにされているのである。

本書では晶子の生い立ちをたどり、福沢諭吉からの影響を考え、当時の児童文学や少女雑誌の状況の中に晶子の作品を読んでその評価を試みた。日本児童文学のみのりの一つとして晶子の作品が加えられること、同時に、よりゆたかな与謝野晶子像の一助になることを願っている。

目次

凡　例

一、本書では引用文中の旧漢字をすべて新字体に改めた。
一、引用文中また作品中には差別的な表現があるが、歴史的意味に鑑みてそのままとした。
一、与謝野晶子の随想からの引用は『定本與謝野晶子全集』全二〇巻（講談社　一九七九・一一〜一九八一・一二）を底本とした。

第一章

生い立ちと児童観

上品な立派な人間に

1　与謝野晶子になる少女
随想「私の生ひ立ち」より

与謝野晶子は明治一一（一八七八）年一二月七日、和菓子商駿河屋を営む鳳《ほう》宗七、津祢《つね》の三女として現在の大阪府堺市に生まれた。異母姉が二人あり、他に兄と妹、弟がいる。

大正四（一九一五）年、晶子は「新少女」（婦人之友社）に随想「私の生ひ立ち」を九回にわたって連載した。〈与謝野晶子〉になる一人の少女の、三歳から一二、三歳頃までの生い立ちは、少女に向けて書かれた随想の中にどのように描かれただろうか。

●母、姉

「学校へ行く私が、黒繻子《くろじゆす》の襟《えり》の懸つた、茶色地に白の筋違《すぢか》ひ雨と紅《べに》の蔦の模様のある絹縮《きぬちゞみ》の絆纏《はんてん》を着初めましたのは、八歳《やっつ》位のことのやうに思つて居ます。私はどんなにこの絆纏が嫌ひでしたらう。」

「私は手織縞《ておりじま》の絆纏を着た友達を羨んで居ました。けれど私は絹縮の絆纏がぼろぼろに破れてしまひますまで、そんな話は母にしませんでした。私の母は店の商売の方に気を配らなければならないことが余りにあつて十分と沈着《おちつ》いて私達と向ひ合つて居るやうなことはありませんでした。また私とは違つて継母に育てられて居る私の姉達が、いろ〳〵なことを一人々々が心一つに忍んだ淋しい日送《ひおく》りをして居るのを見て居りますから、私も苦しいことを辛抱し通すのが人間の役目であると云ふやうに思つて居たらしいのです。」（一）

●小さいかなしみ

「私は満三歳《みつつ》になつて直ぐ学校へ遣《や》られました。ですから遊びの方に心を引かれることが多くて、字を習ふ方のことを情けなく思つて居ました。私と同年《おないどし》の竹中はんが私の家《うち》へ遊びに来る約束をしてくれました。その日になりますと私は嬉しさに学校へ行く気になれませんでした。母がどんなに勧めても、私に附いて居る小《ちひさ》い女中が促しても、私は今日は家で竹中はんと遊ぶのだとばかり云つて、学校へ出ようとはしませんでした。」

「色の白い細面の美くしい竹中はんが、女中と並んで十一時半頃に東の方から歩いて来るのを見ました時、私の胸にはどんなに高い動悸が打つたでせう。私の居る二階の下まで来ました時、竹中はんは上を一寸《ちよつと》見上げたまゝで、ずつと通つて行つてしまひました。失望して居る私に女中は午後《ひるから》を待てとも云ひませんでした。私も黙つて居ました。竹中はんは決して遊びに来てくれはしないとその刹那《せつな》に感じました通り、その人とそれきり遊んだ覚えはありません。私はそれから満五歳《まんいつつ》までは、学校通ひを止めさせようと云はれて家に置かれて居ました。」（一）

絵　竹久夢二

●狸の安兵衛

「私の小《ちひさ》い頃に始終家に出入りして居た車夫《しやふ》は、友吉《ともきち》と安兵衛の二人でした。安兵衛は狸《たぬき》の安兵衛と云はれて居ました。私はその人を真実《ほんとう》の狸とも思つて居ませんでしたが、人間とは少し違ふもののやうに思つて居ました。安兵衛は肱《ひぢ》に桃色をした花の刺青《いれずみ》がしてありました。友吉は顔に黒子《ほくろ》が幾つもある男でした。」（一）

●大阪行

「私の家《いへ》の大阪行には、必ず決つた様式がありました。春であるなら遅い早いにかゝはらず、牡丹《ぼたん》で名高い吉《きつ》助園《たすゑん》と云ふ植木屋へ最初に行くのです。それから上本町《うへほんまち》の博物場《ぢやう》へ廻るのです。中の島公園へも行くのです。そして浪華橋《なにはばし》の下の生洲《いけす》の網彦と云ふ川魚料理の船で、御飯を食べて帰るのでした。こと、こと、ことと浪華橋の下駄の音がする時に、私等は船の障子を開けて、淀川の水をちやぶちやぶと手で弄ぶのが、どんなに楽《たのし》いことでしたらう、その頃の私等に。」（二）

●父、弟

「西洋好《ずき》の私の父は西洋から来た石版画《せきばんゑ》で屛風《びやうぶ》が作らせてありました。私はその絵の中で一番端にはられた、青い服に赤いネクタイをした子供の泣いて居る絵がどんなに嫌ひだつたか知れません。」

「またその横に、母親に招かれて笑ひながら走り寄つて来る子供の絵もありました。私はそれを家中《うちぢう》で大騒ぎをされて可愛がられて居る弟のやうな子だと思つて居ました。口の傍《そば》に厭な線を充満《いつぱひ》寄せて泣いて居る子の方は、人から見て自分になぞらへられるのではあるまいかと思ふやうなひがみを私は意識せずに持つて居たかもしれません。」（三）

●西瓜灯籠《すいくわどうろう》

「これはもう大分大きくなつてからのことです。藤間のお師匠さんの所へ通つて居た頃から云へば、五年も後の十歳《とを》か十一の時の夏の日に、父が突然私のために西瓜灯籠を拵《こしら》へてやらうと云ひ出しました。どんなに嬉しかつたか知れません。」

「老婢《らうひ》が気を附けて、萎《しな》びぬやうにと井戸端の水桶の中に、私の灯籠は前夜もその前夜も入れられてあつたのですが、それにも関らず青白かつた彫跡《ほりあと》は錆色《さびいろ》を帯び、青い地は黒い色になつて居るのです。形も小くなり丸かつたものが細長いものに変つて居るのです。私は生れて初めて老《おい》と云ふこと、死と云ふことをその夜の涼台《すゞみだい》で考へました。早く生れたものは早く老い、早く死ぬとそれ程のことですがどんなに悲しく遣瀬《やるせ》ないことに思はれたでせう。私はそれを足つぎをして下《おろ》さうとはせずにそのまゝ眺めて居ました。」

（三）

●夏祭

「そしていよ〳〵大鳥《おほとり》さんの日になります。私の家《いへ》のやうな商売をして居ない人の所では、朝からもうお祭のことばかりをして居ていゝのですが、私の家などはさうは行《ゆ》かないのです。得意先の注文の殊《こと》に多いのがさうした日の常ですから、午前中は私も店の手伝ひに、勇気を出して働かねばなりませんでした。丁稚《でつち》に交つて水餅を笹の葉へ包んだりすることも、手早《てばや》にせねばなりませんでした。」

「大鳥さんの日の着物は、大抵《たいてい》紺地か黒地の透綾《すきや》上布《じやうふ》です。襦袢《じゆばん》の袖は桃色の練絹《ねりぎぬ》です。姉は水色、母は白です。男作《づく》りと云つて小《ちひさ》い時から、赤気《け》の少《すくな》い姿をさせられて居る私等のやうな子のさせられる帯は、浅黄《あさぎ》繻子《じゆす》と大抵決まつて居ました。襦袢の襟もそれです。頭はおたばこぼんですから、簪《かんざし》の挿《さ》しやうもありません。そして私等はその年方々の取引先から贈られました団扇《うちは》の中で一番気に入つたのをしまつて置いたそれを持つて、新しい下駄を穿《は》いて門《かど》へ出ます。何方《どちら》を向いても桟敷欄干《さじきてすり》に緋毛氈《もうせん》の掛けられた大通りは、昨日と同じ道であるとも思はれないのでした。」（四）

●嘘

「九歳位《こゝのつ》で私の居た級では継子《まゝこ》話が流行《はや》りました。」

「私はもうそれに飽き飽きしました。今日もまた厭な話を聞かされるかと云ふやうな悲《かなし》みをさへ登校する途《みち》々覚えました。私はもとより一度も話者《はなして》にはなりませんでした。ところが或日の昼の長い遊び時間に私は、『今日は私がお話をして上げます。けれど絵は描《か》きません。自分の真実《ほんとう》の話なんですから。』こんなことを突発的に云ひました。そしてそれから私の話したことは嘘ばかりです。」

「『そしたらひどい浪が起つて来てね、私の乗つた船が壊れてしまつたのです。私の入れられて居た箱も割れたので、丁度《ちやうど》よかつたけれど。私はそれでもう気を失つて居たのですがねぇ、今度目を開いて見ると堺の浜だつたのです。』『灯台が見えたのだすか。』『えゝ、夜でしたから青い青い灯《とも》が点つて居ましたよ。』『それから鳳《ほう》さんの子になりやはつたのだすか。』『えゝ。』『まあ可哀相な方。』『継子なんて、ちつとも知りまへんだした。』『気の毒だすなあ。』私の傍《そば》に居る人が四五人泣き出しました。さうすると誰も誰も誘ひ出されたやうに涙を零《こぼ》しました。嘘を云つた私までが熱い涙の流るのを覚えました。」（五）

●きのこ狩り

「和泉の山の茸狩《たけがり》の思ひ出は、十二三の年になりますまで四五年の間は一日も忘れることが出来なかつた程の面白いことでした。他家《よそ》の子には唯事《たゞごと》のやうなそんなことも、遊山《ゆさん》などの経験の乏しい私には、珍しくて嬉しくてならなかつたのです。」

「あの茸狩は牡丹模様の紫地の友染《いうぜん》に初めて手を通した時です。帯は緋繻子の半巾帯でした。大戸《おほど》は下《おろ》されたままで、横町《まち》に附いた土間の四枚の戸が開けられ、外に待つて居る車の傍へ歩んで出ました頃、まだ町は真暗でした。四時頃だつたと後に母は云つてました。真先の車は父で、それには弟が伴はれて乗つて居ました。私は母の膝の横に居ました。お菊さんと云ふ知つた女の人と、その子のお政さん、私の従兄二人、兄、番頭、その外の人は忘れましたが何でも十何輌と云ふ車でした。」

「従兄の声や番頭の声がとんきやうに渓々《たに》から聞えて来ました。物を云つて山響《やまびこ》の答へるのを聞くのも面白く思はれました。松茸は取つても取つてもあるのですもの、嬉しさは何とも云ひやうがありません。母が何処に居るか、弟がどうして居るかとも私は思つて見る間がありませんでした。」　（八）

●生まれ育った街

「私はこの話のおしまひに私の生れた堺と云ふ街を書いて置きたく思ひます。」

「旭館の隣で、何とか云ふ名の小《ちひさ》い丘の下に附いた道を曲つて街へ入つて来ますと、其処の大道《だいだう》の角《かど》に私の家があります。大道をまた一町南へ行きますと宿院《しゆくゐん》と云ふ住吉神社のお旅所《たびしよ》があります。私の通つた小学校は宿院小学校と云つて、その境内の一部にあるのです。芝居や勧工場《かんこうば》があつて、堺では一番繁華な所になつて居るのです。小学校の横を半町も東へ行きますと寺町へ出ます。大小路《おほせうぢ》に次ぐ大きい町幅の所で、南へ七八町伸びて居ますが、寺ばかりと云つてよい程の街ですから静かです。向うの突当りが南宗寺《なんしゆうじ》です。千利休が建てたと云ふ茶室があります。私など少し大きくなりましてからは、折々お茶の会に行つたりしました。その隣は大安寺《だいあんじ》で私の祖母の墓があつたのでしたが、今では父も母も其処へ葬られてしまひました。旧《もと》は納屋《なや》助左衛門と云ふ人の家だつたのださうです。南宗寺の智禅庵の丘の下を東から堀割に廻つて流れて居まして海へ出るやうになつて居ます。其海辺は出島と云ひます。もとより漁師ばかりが住んで居る所です。芦が沢山生へて居る所です。芦原とも云ひます。堀割の向う岸からはもう少しづつ松が生へて居まして、ずつと向うが浜寺の松原になるのです。木綿を晒《さら》す石津川の清い流もあります。私はこんな所に居て大都会を思ひ、山の渓間《たにま》のやうな所を思ひ、静かな湖と云ふやうなものに憧憬して大きくなつて行きました。」　（九）

連載誌「新少女」は羽仁もと子が婦人之友社から刊行した少女雑誌で、大正四年一月創刊。同じ堺出身の詩人河井酔茗が編集主任を務めていたことが晶子の堺時代の自伝的な随想の連載につながったものと思われ、翌年には随想「私の見たる少女」を連載している。どちらの連載にも、竹久夢二（同誌絵画主任）の抒情的な挿絵がつけられた。

「私の生ひ立ち」には、忙しい父母や姉弟、まわりの人たちと打ち解けられない少女の、かなしみやさみしさの気配が濃くたちこめている。それだけに父が手ずから西瓜灯籠を作ってくれたときの喜びや、きのこ狩り、夏祭のたのしさが浮き立つように描き出されている。「男作り」をさせられていたことへのわだかまりも強く、そのせいか衣服に関する描写は詳細で、回想のきっかけになることも多い。これは晶子の少女小説にも共通する。

中でも興味を引かれるのは「嘘」である。先妻との間に生まれた二人の娘を育てる母を見ているだけに、少女は学校で流行っている継子話を嫌うのだが、ある日の昼休み、堰を切ったように「嘘のお話」を始める。次々に口をついて出る「嘘のお話」は、聞く者も語る者も引き込んで「真実《ほんとう》の話」になり、熱い涙を誘い出すのである。級友の継子話に飽き飽きして、突発的に話し出した少女の心の動きに、後年の晶子が繋がるのである。我が子の周りにあるおとぎばなしに飽き飽きして、堰を切ったように話し始めた晶子の「嘘のお話」の中では、金魚や蛙や虫や建物までが子どもと交歓して「真実の話」となり、明るい笑いが溢れ出す。それは我が子を引き込み、雑誌を読む子どもたちを引き込み、晶子自身を引き込んで晶子童話の世界をかたち作っていったのである。

原文は総ルビ。引用文中の旧漢字は新字体に改め、小見出しは引用者が付した。引用の後の数字は連載の回数。なお、「私の生ひ立ち」の小見出しと連載月は左記の通りである。
（一）□印によって三つに区切られているが、小見出しは付けられていない。（大4・4）
（二）「狸の安兵衛」「お歌ちゃん」（大4・5）
（三）「お師匠さん」「屏風と障子」「西瓜灯籠」文末に晶子の短歌七首（大4・6）
（四）「夏祭」（大4・7）
（五）「嘘」（大4・8）
（六）「火事」（大4・9）
（七）「狐の子供」（大4・10）
（八）「たけ狩」（大4・11）
（九）「堺の市街」（大4・12）

2　晶子の『一隅より』と福沢諭吉の『女大学評論』『新女大学』

福沢先生への畏敬

与謝野晶子が第一随想集『一隅より』を金尾文淵堂から刊行したのは明治四四年七月のことである。ここには四二年頃から新聞、雑誌に発表したという一九編の随想と詩が収められている。内実を伴った女子教育の普及、新夫婦はなるべく別居するべきこと、娘の結婚には「相当の財産分配」をして「自立自助」を助けることが望ましいこと、「女中・下女」の扱い方への言及など縦横に取り上げられる話題を拾っていくと、福沢諭吉が『女大学評論』『新女大学』で論じた材料を踏襲して取り上げ、晶子流に論じているものが多いことに気付く。

福沢の『女大学評論』は、貝原益軒の「女大学」から一節を引いていちいちこれに評語を加えたもので、その上で「我輩の腹案女子教育説の大意を」福沢節とも言うべき自在な文章で記したものが『新女大学』であり、明治三二年一一月に刊行された。

『女大学評論』冒頭、益軒の「夫《それ》女子は成長して他人の家へ行き舅姑に仕ふるものなれば、男子よりも親の教緩《ゆるがせ》にすべからず。……」について、「成長して他人の家に行くものは必ずしも女子に限らず、男子も女子と同様、総領以下の次三男は養子として他家に行くの例なり。人間世界に男女同数とあれば、其成長して他人の家に行く者の数も、正《まさ》しく同数と見て可なり。……」と言い、女性だけにそうしたことを説くのは、病人に薬を服用させるときに女性だけに薬を多量に飲ませるのと同じだと言う。とにかく喩えが奇抜で、しかもわかりやすいのである。

益軒が「七去」（舅姑に従わない女は去れ、子どものない女は去れなど）を述べた節に対しては、

左《さ》れば、広き世の中には随分悪婦人も少なからず、其挙動を見聞して厭ふ可き者あれども、男性女性相互《あいたがい》に比較したらんには、人非人は必ず男子の方に多数なる可し。此辺より見れば、我輩は女大学よりも寧ろ男大学の必要を感ずる者なり。

と述べ、七去に詳細な反論を加えて「女子が此教に従て萎縮すればするほど、男子の為めに便利」なのだとした後、具体的に明治民法で離婚を許される一〇箇条を引いて、七去は「明かに現行法律に反《そむ》くもの多し」と女性にエールを送っている。時事新報記者による巻末の「福沢先生の女学論発表の次第」に、この著が新民法の発布（明治三一年六月に公布された）を契機に書かれたとある通り、苦しむ女性の蒙を啓いたものであって、どれほど多くの女性がこの著に力づけられたことだろうか。(1)

新しい家庭のあるべき姿を説いているのも特色である。「厳父は唯《ただ》厳なるのみにして能《よ》く人を叱咤《しった》しながら、其一身は則《すなわ》ち醜行紛々」な父親を糾弾すると同時に、女性自身にも自覚を促している。

然るに男尊女卑の習慣は其由来久しく、習慣漸く人の性を成して、今日の婦人中動《やや》もすれば自《みず》から其権利を

忘れて自から屈辱を甘んじ、自から屈辱を忍んで終《つい》に自から苦しむ者多し。

と言うのである。女性が自らの権利に目覚めてそれを主張し「男女対等の秩序を成す」ことは「門閥制度を廃して立憲政体の明治政府を作りたるが如」きものだと述べている。三歳で父親百助《ひやくすけ》と死別した福沢ら五人の兄弟が母親於順《おじゅん》の手に養育せられたことは石河幹明の「序」にあり、門閥制度が父の敵《かたき》なら、「女大学」は母の敵《かたき》であった。「清浄無垢《むく》の家に生れて清浄無垢の父母に育てられ、長じて清浄無垢の男子と婚姻したる婦人に、不品行を犯したるの事実は、先ず以て稀有《けう》の沙汰《さた》なり。」と言うのはまさに福沢の育った家のことであり、有言実行する福沢の作った家庭のことであった。福沢の子育ての実際については桑原三郎著『愛の一字』[2]に詳しい。

福沢がこの二著で「女大学」を徹底的に批判し揶揄したように、晶子は『一隅より』において「良妻賢母」の押しつけを徹底的に批判し揶揄した。福沢が「男大学の必要」を言えば、晶子は「良夫賢父主義」と言うなど揶揄的な表現のしかたまで似ているが、重要なことは、性差よりも普遍的な人間の在り方を探り、「人としてどう生きるか」を根本に置く考え方が両者に共通していることである。

晶子は大正期になって随想中に次のように述べ、自分が福沢を継承する一人であることを明らかにしている。

我国に於て最も早く男女同権説を唱へて婦人の独立を激励せられた偉人は福沢先生でした。即ち先生の遺編の中の「女大学評論」と「新女大学」とは先生の其主張を最も親切に示されたものですが、この二書が現に三十幾版を重ねて可成広く世間に読まれて居るやうでありながら、その効果の割合に顕著で無いのを私は常に遺憾に思つて居ります。

「婦人の堕落する最大原因」

さらに「婦人より観たる日本の政治」では、哲学者田中王堂が「福沢諭吉に帰れ」と勧めたことを引いて、福沢ら「明治初年の改革者の偉大な理想と、純粋な誠意と、熱烈な意気」が政治上の改革だけにとどまらずに「男女の同権、自由主義の教育、女子教育の必要、父母舅姑と新夫婦との別居等、細大と無く、いろいろの問題を提供し」、「（生活の）全部に亘つて有機的に平衡を保つた改革を実現しようと企画」したことに驚嘆すると述べている。

「偉大な理想と、純粋な誠意と、熱烈な意気」をもって生活全般を改革すること――これは晶子自身の望みでもあり、晶子が次の世代の女性に望んだことでもあったのである。

晶子「令嬢教育」のすすめ

晶子の童話集『おとぎばなし少年少女』は明治四三年九月に刊行されている。翌年の七月に出された『一隅より』からいくつかの文章を引いて、晶子の少女観、児童観を見ておきたい。

まず「婦人の青春時代」では女性の青春期を次の三期に区分している。

第一期――小娘の時分（一二、三歳から一六、七歳まで）
第二期――娘盛りの時分（一七、八歳から二六、七歳）
第三期――結婚後（三六、七歳まで）

三六、七歳までを青春とする長さにも意表を突かれるが、ここで注目したいのは「一二、三歳から」という始まりの年齢である。第一期を「少女時代」とも呼んでおり、他の随想と併せ読んでも、「一二、三歳から一六、七歳まで」を「娘」つまり少女期と考えていたとしてよいだろう。あとで紹介する晶子の少女小説「さくら草」、「環の一年間」、「八つの夜」に登場する少女たちがすべて「一二、三歳」の設定であることもこれと呼応している。

校名や個人名を挙げた女子教育（家）批判が集中には目立って多い。女学校への進学率の増加に伴って、学校教育は少女期に大きな影響を与え始めていたのである。晶子の女子高等教育批判の中心は「良妻賢母主義の倫理と家政科と言ふ割烹《にたき》の御稽古とが主」で肝心の学力が低いということで、「女子の境遇を高等下女の位地に安んぜしめようと」するものだと述べている。では次に、声楽家三浦環の離婚報道に触発された「離婚について」から引用しておこう。

・（教育家の考えでは）一切の女を良妻賢母許に仕立上る御積でせうが、生憎な事には、女は妻となり母となる前に娘と云ふ華やかな若い時代があります。良妻賢母教育の前に先づ「令嬢教育」と云ふものを何故施され無いのか。

・今の家庭に猶多数の娘らしい娘を見受けるのは、学校外の社交の経験や、教科書以外に古今の文学書などを読んで自ら教育した結果に相違ありません。

・今の家庭や学校教育が頼みに成らぬとすれば、若い女子自身が各々自分の「娘」時代を尊重して我手で立派な人格を修養せられる事が何より大切な急務だと思ひます。浅薄《あさはか》な表面《うはべ》の装飾や衒《てら》ひで無く、全人格を

> 挙げて立派に装飾し、其を女子の誇とする様に力めねば成りません。美しい衣服を著る《ママ》にも、読書をするにも、文学や美術を嗜むにも、常に立派な娘に成る、完全な人間に成ると云ふ心掛が必要です。
>
> ・更科日記の著者は、東国の田舎に居た娘の時代から文学書を読んで、何うか女に生れた上は源氏物語の夕顔や浮舟の様な美しい女に成て少時《しばらく》でも光源氏の様な情ある男に思はれ度いと、専ら其心掛で身を修め、終に都に上つて狭衣の如き小説を書くに到りました。今の若い女子に是位の自負も無いのは口惜しう御座います。

晶子が少女たちに求めたのは高い学力だけではなく、自尊心と理想を持って生きることであった。そのために授けられる教育を「令嬢教育」と呼ぶのは、「妻」や「母」になるためだけに少女期があるのではないという考えからである。

> 良妻賢母を作る前に立派な娘を作れ、立派な娘を作る前に立派な人を作れ

少女の教育についての晶子の考え方は「雑記帳」の中のこの言葉に集約される。

この「令嬢教育」を学校に期待せず、家庭に求めるのも晶子の特徴である。「倫理を始め学問技芸に到るまで其下地は家庭にあ」り、学校教育は「其補助」であるとする。制限を加えなくても「油に水を投げた如く其汚らはしい物を撥ねとばして仕舞ふ」ような「平生の厳粛清浄な薫育」は、家庭で行われると言うのである。

これは晶子自身が学校教育に拠らず、古典文学から最新の文芸までを独学とも言うべき学びで吸収してきた経

験に裏打ちされていた。東国の田舎で苦心して源氏物語を手に入れ、都を夢見ていた「更科日記の著者」は、晶子自身の少女時代と重なる。古典に親しむことで「立派な娘に成る、完全な人間に成ると云ふ心掛」を養ったと晶子は繰り返し述べている。平安朝の歴史や文学、女性の遇せられ方を鏡とし、今の日本の在り様を映して批判するという晶子独自の論法もここから生れてくるのである。

また一つには晶子が、身近に理想とするような家庭を目にしていたことがあるだろう。「新婦人の自覚」では「学問や芸術の空気に満ちた立派な家庭」として小金井喜美子の実家（つまり森鷗外の育った家庭）を挙げ、綿密に教育の注意が行き届いて、そんなに裕福でもない中で娘に知識と趣味を授ける両親や、洋行費を割いて妹に文学書と琴を買ってやる兄の様子を描いている。

晶子の童話・少女小説に学校を舞台とするものがほとんどなく、代わりに聡明な父母のいる家庭が描かれることが多いのもこのような考え方の反映であると思われる。既成の学校教育への批判は、後に文化学院での教育実践にもつながっていく。

では少女期以前の子どもについてはどうだろう。

私はなるべく十四五までは男女両性を殆ど自覚させないで教育したいと思つて居ます。私の家では女の子に兄を誡める時と同じやうな「男らしく」と云ふ様な言葉を用ゐて教へもいたすのです。男の子に優しい人にならなければならぬとも申します。「座談のいろいろ」

又子供達に自尊心を養はす為に「自分は上品な立派な人間になるのだ」と云ふ事を教へ、其上品な人間と云ふのは、正直に物を云ふ事、自身の事にも又人の事にも注意して清潔にする事、其れから立派な人間と云ふのは学問が良く出来て、世界の上の万事の筋路が明確《はつきり》と解る事、どんなに微細な技術でも、高尚な職業でも、低い賤しい労働でも出来る事であると言ひ聞せます。美くしく、面白い、作つた譬喩《たとへ》のお話として神様や仏様の事を聞せますけれど、一切宗教がかつた話は致しません。又人を臆病にする話、即ち妖怪の話なども致しません。稀に滑稽な材料として致す事がある位のものです。お伽噺は両親で作つて聞かせます。

「私の宅の子供」

晶子が寄稿した当時の少年少女雑誌を読んでみると、なるべく幼い頃から男児には〈男らしさ〉を、女児には〈女らしさ〉を植え付けようとする風潮がうかがえる。そんな中で晶子は「十四五までは男女両性を殆ど自覚させないで教育したい」と述べているのである。「自分は上品な立派な人間になるのだ」という自覚を持たせたいと言うときにも、男女を問わないばかりでなく、「上品」とか「立派」という定義の仕方が独特である。「学問が良く出来て、世界の上の万事の筋路が明確と解る事、どんなに微細な技術でも、高尚な職業でも、低い賤しい労働でも出来る事」が立派な人間であり、そのことは男女を問わないという考え方は現在でも十分新鮮だと言える。

先に述べたように、晶子が童話を書き始めた時期は、少女雑誌が創刊され始めた時期に重なっている。では子どもたちが読んでいたのはどのような本や雑誌であったのか、晶子が書き始める以前、明治になってからの子ども の読み物について概観しておこう。

注

（1）鹿野政直は、いわゆる明治民法（親族編・相続編）が家制度の確定と妻の無能力規定をもたらした一面を認めつつ、明治民法に規定されたほどの妻の法的権利（たとえば妾の否定、離婚への一定の制約）について、まともにその意義を説き、周知させようとしたのは「時事新報」のみであったとしている。（『福沢諭吉選集』第九巻解説）

（2）桑原三郎『愛の一字　父親福沢諭吉を読む』（築地書館　一九九八・二）

第二章　子どもたちへ

のんびりと清く素直に、
濶く大きく楽天的に

1　おとぎばなしの時代　明治の児童文学

児童のための文学の芽生え

福沢諭吉は早く慶応二年（一八六六）に、「人生れて六、七歳に至れば、天稟の才智、初て発生し、事物を習ひ覚《おぼゆ》る時なり。然《しか》れども其力未熟にて、精心を錬ることは出来兼る故に、成丈《なるだ》け最易《もやす》きことを習はすべし」（「或《わく》云《うん》随筆」）という斬新な教育観を記している。論語や経書の素読を強いた時代に「手近く物を見せて、分り易く面白く楽《らく》に執行《しゅぎょう》をさせて」と説いたばかりではなく、実際に著作として子どもたちのもとへ届けたのである。文字通りの啓蒙家であった福沢は児童文学の分野にも新たな光を当てたのだった。

明治元年に著わされた『訓蒙《きんもう》究理図解』は、子どもの興味を引くような絵が豊富に添えられた初級の究理（物理）学の本で、その序文には、「此小冊子《そうし》を開版するも、聊《いささか》童蒙の知識を開くの一助に供《そなえ》んとする我社中の微意なり」と記され、はっきりと児童に向けた書物であることを示した。続いて出された『世界国尽』（明2）は、江戸期の「尽しもの」の形をとりながら、世界の概略についての新しい知識を教える地理と歴史の本である。「世界は広し万国は、おほしといへど大凡《おおおよそ》、五《いつつ》に分けし名目《みようもく》は、亜細亜《アジア》、阿非利加《アフリカ》、欧羅巴《ヨーロッパ》、北と南の亜米利《アメリ》加《カ》に、境《さかい》かぎりて五大洲、大洋洲は別にまた、南の島の名称《となえ》なり」と、七五調に工夫された調子のよい文章は子どもたちの好んで口にするところとなり、徳富蘇峰は全文をそらんじていたという。明治五年に学制が敷かれると、これらは小学校の教科書として用いられた。福沢の最も知られた著作の一つ『学問のすゝめ』(明5～9)も、郷里の学校設立にあたって執筆されたものである。次に引くのは『童蒙教草《どうもうおしえぐさ》』(明5)中の「イソップ物語抄」(英語版からイソップを紹介した最も早いものと言われている)より「子供と蝦蟆との事(全文)」。

蝦蟆《かえる》あまた住へる池の辺に、大勢の子供来りて池の中へ小石を投げ、二つ玉の三つ玉のとて、数百の小石一時に水に落ち、蝦蟆の難渋ひとかたならず、今にも命危しと共に心配したりしが、そが中に一疋の強き蝦蟆あり。危き場合を恐れもせず、水の面に頭を出して声高らかにいひけるは、あら慈悲なき子供哉、如何で悪事を学ぶの速なる、君のためには慰なるも、我らがためには一命に関ることなり、よくも物事の道理を勘弁し給ふべしと。

出版事業への関心も高かった福沢は、明治初年に「慶応義塾出版社」(「時事新報社」の前身)を興し、当時は子どもの読み物ではなかったものの、いわゆる「ジュール・ヴェルヌもの」の先鞭となった川島忠之助訳『八十日間世界一周』などを刊行している。

キリスト教の立場から女性を啓蒙する雑誌としては、明治一八年に創刊された「女学雑誌」がある。「母親方《がた》が其子に語らるゝ為に宜しきを得たりと覚ゆるお談《はな》しを集め国民の元気を其二葉《ふたば》の中《うち》に養成するの基ひを作らんと欲す」として、第九五号（明21・2）から附録「小供のはなし」欄を設けた。編集人巌本善治の妻である若松賤子はこの欄に、アンデルセンの「裸の王様」を初めて訳した「不思議の新《あたらしき》衣装」（第百号～百一号　明21・3）を掲載している。また第二二七号（明23・8）からは、同誌「小説」欄にバーネットの「小公子」の翻訳が連載された。

それで、人の気を見てとることが大層早い方でしたが、是は両親《ふたをや》が互に相愛し、相思もひ、相庇ひ、相譲る処を見習つて、自然と其風に感染したものと見え升《ます》。家に在つては、不親切らしい、無礼な言葉を一言《げん》も聞《きい》たことはなく、いつも寵愛され、柔和《やさし》く取扱かわれ升《まし》たから、其幼《をさ》な心の中《うち》に、親切気《ぎ》と温和な情が充ち満ちて居《を》り升《まし》た。　「小公子」

ここには少年セドリックの「親切気と温和な情」を育んでいく家庭や、夫婦のあり方が描き出されている。あくまでも無邪気で人を疑うことのないセドリックが、冷酷な貴族である祖父の心を開くという「小公子」のストーリーには大正期の「童心の発見」に通じるものがあった。「十五少年」を訳した森田思軒は、「小公子」を二葉亭四迷の作品と並ぶ名訳と賞賛したが、若松賤子の翻訳を内から支えていたものは、夫婦や親子の在り方を含んだ西欧的なモラルへの共感であった。

明治二〇年代初頭、国会開設を前にしておびただしい数の政治雑誌が刊行されたというが、普通教育の普及と中間層の購買力の増加、印刷技術の進歩などに伴って、児童向けの雑誌も登場し始めた。これらは数を増すにつれ、幼年・少年・少女など年齢・性別によって分化していった。読者の誌上参加が重視され、投書欄、懸賞募集、読者会の結成などに工夫が凝らされた。

児童向けの雑誌としては、早くに文章指導という性格の強い作文投稿雑誌「穎才新誌《えいさい》」（明10創刊）があって、投稿者の中には山田美妙、尾崎紅葉、大町桂月らの名が見られる。「漢詩と、八家文と、和歌と、ビイコンスフイルド卿の小説と、『佳人之奇遇』と英語と、馬琴と、春水と、岩見重太郎伝と、『穎才新誌』と、さういふ雑然とした空気が、私の十六、七の二年を領した」という明治四年生まれの田山花袋の回想が、当時の雰囲気を伝えている。

本格的な児童雑誌と言われる「少年園」は、明治二一年一一月三日に創刊された。山縣悌三郎の発刊の主旨に「厳正なる学校課業の香味となり、或は温和なる家庭教育の薬石となり、又或は社会的教育の指南となり、職業的教育の枝折とな」ることを望むとあるように教育的要素が強く、「少年」と冠してはいるが読者層は現在の「青年」に当たる。（創刊号一万二千部、一年後一万八千部といわれる発行部数は当時の中学、女学校などの中等学校生徒二万三千人に見合う数字である。）

巻頭論文〈少年園〉、科学記事〈学園〉、文学記事〈文園〉、伝記〈譚園〉など、イギリスの児童雑誌「リトル・フォーク」を真似たと言われる斬新な構成の雑誌であった。文部省御用掛や学習院の講師を勤めた山縣の経歴を反映して、柴四朗、徳富蘇峰、坪内逍遙、志賀重昂、伊沢修二、饗庭篁村、和田垣謙三、落合直文、依田学海、森田思軒、森鷗外など、当時一流の執筆陣を敷いた。直文の新体詩「孝女白菊の歌」が再録されて人口に膾炙し、鷗外の翻訳「新世界の浦島」、幸田露伴の創作「鉄三鍛」なども掲載された。

「文壇の少年家」　巌谷小波の『こがね丸』

「少年園」（明21・11創刊）に続いて「小国民」（学齢館　明22・7）、「少年文武」（張弛社　明23・1）などが創刊される中、当時の新興出版社である博文館もすぐさま「日本之少年」（明22・2創刊）という雑誌を出したが特色のあるものとは言えなかった。そこで博文館は「少年文学」と銘打って叢書の刊行を企画する。広告文には「当今文壇の才俊流麗飃逸の筆を揮ひ、趣向は愉快なる物語に借つて、訓戒的の意を寓せる者家庭教育の一端を補ふべし」と述べられている。第一巻を依頼されたのは新進小説家の巌谷《いわや》小波《さざなみ》であった。

小波巌谷季雄は、貴族院議員の父修の三男として明治三（一八七〇）年東京に生まれた。父がもと近江水口藩の藩医であったため医者になることを期待されたが、一六の名で著名な書家でもある父の文人的側面を受け継いだ小波は、一七歳の若さで硯友社同人となって「我楽多文庫」に作品を発表し、新進小説家として知られ始めていた。言文一致体で書かれた「五月鯉」（公売活字本「我楽多文庫」第一号　明21・5〜同11）の主人公は一七歳の光一、書生として住み込む先のお嬢さんである錦子は一三歳というように、小波の小説には少年少女を主人公とするものが多いため「文壇の少年家」と呼ばれていたという。また、医者になるべく幼少時からドイツ語を学んでいた小波は、兄からドイツ語学習用にフランツ・オットーの出した童話集を贈られ、その内の一編を「鬼車」（「我楽多文庫」明21・12）として翻訳したこともあった。(1) このような経歴から、少年文学叢書の依頼を受けた小波は自分でも楽しんで執筆したものと思われる。

第一巻『こがね丸』は明治二四年一月に刊行された。一部一二銭。巻頭には森鷗外の「少年文学序」が置かれている。鷗外に序を依頼したのは、叢書の「文学」としての質の高さをアピールするねらいからだろう。鷗外は明治二一年にドイツ留学から帰国して「しからみ草子」を創刊（明22）、「舞姫」（明23）や「うたかたの記」（明23）を発表して華々しく活躍していたのである。

続く小波の五項目からなる「凡例」にも「少年文学」への気負いが見える。

一　此書題して「少年文学」と云へるは、少年用文学との意味にて、独逸語のJugendschrift（juvenile literature）より来れるなれど、我邦に適当の熟語なければ、仮に斯くは名付けつ。鷗外兄が所謂稚物語も、同じ心なるべしと思ふ。

「稚《おさな》物語」と言うのは鷗外の序に「奇獄小説に読む人の胸のみ傷めむとする世に、一巻の稚物語を著す。これも人真似せぬ一流のこゝろなるべし。」とあるのを踏まえたもので、小波はこれを「少年文学」と呼ぶのだと言うのである。「我邦に適当の熟語なければ、仮に斯くは名付けつ。」とあるように、当時は児童文学に対する呼称が定まっていなかったのである。

『こがね丸』表紙

『こがね丸』には読者の心をつかむためのさまざまな出版上の工夫が見られる。まず美しい造本。浅葱色の枠で縁取った鳥の子紙の表紙に尾崎紅葉の筆で「漣山人著／こがね／まる／少年文学第壱」とあり、表紙の下半分には向き合った犬と虎のまわりに、狐や牛など郷土玩具風の動物を彩色木版で刷り、紫の紐で綴じている。本文は一ページ一〇行、一行二五字の大きな四号活字で組んで総ルビを振り、読み易くしている。見開きの多色刷り口絵と文中の豊富な挿絵は武内桂舟《たけうちけいしゅう》で、「むかし或る深山《みやま》の奥に、一匹の虎住みけり。」と始まる冒頭のページは、頭文字の「む」を大きくして猛虎がその字を押さえるという凝った意匠になっていた。

『こがね丸』は、動物世界に舞台をおき、犬を主人公にした勧善懲悪的な仇討物語である。猛虎「金眸大王《きんぼう》」の威を借る古狐「聴水《ちょうすい》」の策略によって、荘官《しょうや》の飼犬「月丸」は金眸の牙にかかり、妻の「花瀬」も「黄金丸」を産み落として死ぬ。黄金丸とは「背のあたりに金色の毛混りて、妙なる光を放つ」ことからの命名である。牛の「文角《ぶんかく》」に養育された黄金丸は仇討ちを決意して旅に出る。仇討ちのために苦難の日々を過ごす黄金丸には、義兄弟の約をなす猟犬「鷲郎《わしろう》」、黄金丸に助けられた鼠「阿駒《おこま》」、黄金丸を治療する兎「朱目の翁《あか》」などの協力者が現われる。黄金丸を討ち取ったという猿の「黒衣《こくえ》」の嘘に気をゆるめた聴水は、黄金丸たちの罠にかかり、文角に引導を渡されて今までの罪を悔い改め、金眸の住む洞の様子を詳しく教えて殺される。黄金丸は、鷲郎と文角の助けを借りて金眸を討ち果たす。主家に帰った黄金丸と鷲郎はそれぞれに金と銀の頸輪をもらい、「二匹もその恩に感じて、忠勤怠らざりしとなん。めでたしめでたし。」と結ばれている。

スピード感のある展開に加えて、「真の犬死とは此の事なり」「鼻頭全く乾きて、此世の犬とも思はれず」とかいうような洒落や、元来「稲荷大明神の神使《かみつかい》」である狐なのに「性邪悪《せいよこしま》にして慾深ければ、奉納の煎豆腐《あげ》を以て足れりとせず」というような言い回しがいたるところに使われて調子がよく、いわゆる馬琴調の文章であった。また「朱目の翁」は、「(若い時に)彼の柴刈りの翁が為に、仇敵狸を海に沈め」、その功績で「霊杵《れいきょ》と霊臼《れいきゅう》」をもらって医師《くすし》として暮らしている、と「かちかち山」の後日譚ふうに話をふくらませるなど、小波の「流麗飄逸」な筆は止まるところを知らない。

新聞や雑誌における『こがね丸』の反響は大きかった。小波が硯友社の新進小説家であったこと、初めてはっきりと「少年」を名指して出された作品であったことに拠るだろう。代表的なものは次の二つである。

> 其の趣向の封建時代なる大人丈夫の仇討を其の儘に猿猫の談に翻案したるものとす。猛虎金眸が照射といへる牝鹿をもて妾となせる件などは幼童のためにものせる書にあるまじきこと、思はる。また作者千慮の一失か。
>
> 「日本評論」（明24・1、署名はM・U.）

> 兄が専売の言文一致体を捨て、古臭紛々たる馬琴調を用ひ又其巻首に述べて曰く文章に修飾を勉めず趣向に新奇を索めず只管少年の読み易からんを願ふてわざと例の言文一致を廃せりと嗚呼是れ何の言ぞや
>
> 堀紫山「読売新聞」（明24・3・12）

「M・U.」は、キリスト教の牧師植村正久《うえむらまさひさ》であるという。「封建時代なる大人丈夫の仇討」の翻案であること、「幼童のため」の作品に「妾」を登場させたことを批判したものである。堀紫山《しざん》に代表される文体への批判は、小波が言文一致体で小説を書いているにもかかわらず、なぜ「少年文学」に「古臭紛々たる馬琴調を用ひ」たのかというところにあった。この後、紫山と小波の間には再度の問答があり、「彼の黄金丸を綴るに、当初は言文一致を以て試みたるも、少しく都合ありて文体を改めたり。」などと小波が弁じて、大正一〇年になって言文一致で書き直した『こがね丸』を出すということにもなった。

けれど『こがね丸』の古さは、言文一致体で書かれているかどうかにあるのではないように思われる。すでに坪内逍遙は『小説神髄』（明18・9）の中で馬琴の『八犬伝』を例に挙げて、「勧懲を主眼として」評するのならばともかく「（八士は）仁義八行の化物にて、決して人間」を描いたものとは言えず、登場人物が作者の「機関《あやつり》人形」になっているような作品は、「其脚色は巧なりとも、其譚は奇なりといふとも、之を小説とはいふべからず」

と断じていたのである。『こがね丸』については、黄金丸と鷲郎に小波と紅葉の関係が投影し、文角の風格や頼り甲斐のある性格に杉浦重剛（称好塾塾長）の投影があって、それが人物造型のリアリティを生んでいる（勝尾金弥）という指摘もあるが、やはり小波の「機関人形」の域を越えていないように思われる(2)。

また「妾」についてはどうだろう。「照射《ともし》」は、金眸がどこからか連れてきて「そが容色に溺れ」ている鹿で、黄金丸たちが討ち入った時にも「照射ともろともに、岩角を枕として睡り居る、金眸が脾腹を丁と蹴れば」と描写される。確かに児童文学にふさわしいとは言えない。けれどこれは「照射」を削除すればよいということではなくて、小波の女性の描き方、女性観の問題なのである。黄金丸陣営の紅一点である「阿駒」という雌鼠を取り上げてみよう。阿駒は猫に襲われて夫を殺されるという黄金丸の母「花瀬」と同じような身の上であり、黄金丸に救われた。阿駒は恩を感じて黄金丸の看病に力を尽くすが、ある時、狐の罠には雌鼠の天ぷらを餌にするとよいという秘策を立ち聞きし、すぐさま鴨居《かもい》から身を投げる。亡夫に対する貞淑と黄金丸への報恩から死ぬ阿駒は、「妾」の照射とは対照的な存在である。しかし、色を好む悪党の傍らに「妾」を置くのも、典型的な貞女美談として阿駒を死なせるのも、封建的な女性観に立った類型的な人物造型であって、やはり「機関人形」に過ぎないと言える。

このように、近代的な文学作品として見れば失敗作だったにもかかわらず、『こがね丸』は大好評を博した。桑原三郎が指摘するように「洒落あり、機知のある戯作の面白さ」「言葉の運び、語りの巧みさ」「子供と共に遊ぶ空想の愉快さ」といった作品「そのものの面白さ」があったためだろう(3)。

『こがね丸』をいかに熱中して読んだかという回想はいくつも残されているが、楠山正雄のものを引いておく。楠山は坪内逍遙の門下で、大正四年から刊行された「模範家庭文庫」（冨山房）シリーズの企画編集で知られる人である。

「こがね丸」は私のはじめて読んだ子供のための本でした。（略）初めておほつぴらに買つて貰つてよんだ本ではあり、あの木版だか石版だかの美しい色絵入りの大和綴の可愛らしい装幀と共に、忘れがたい香味をのこしてゐます。

『こがね丸』は家庭や学校に於いて「おほつぴらに」読める、初めての「子供のための本」として受け入れられ、子どもの読者を創り出したのである。

『こがね丸』から始まる少年文学叢書全三二巻は、童話・少年小説に当たる作品の他に、歴史ものや伝記も多く、村井弦斎の『近江聖人』、幸田露伴の『二宮尊徳翁』などがあった。例えば『近江聖人』は、明治三八年までに二九版を重ねて三万七千五百部を刊行し、和辻哲郎は「わたしはこの書を宝物のやうにして絶えず身辺に置いて愛玩してゐたやうに思ふ」と回想している。

小波おとぎばなしと「少年世界」

『こがね丸』の好評に後押しされて小波は博文館に入社する。「お伽噺」という呼称は昔からあったが、小波が「幼年雑誌」（明27・1創刊）で「お伽ばなし欄」を設けて以来、比較的年齢の低い子どもを対象に書かれた創作作品は〈おとぎばなし〉と呼ばれるようになった。明治二八年一月に創刊された「少年世界」の主筆となった小波は、毎号巻頭に自身の新作お伽噺を載せて人気を博し、〈おとぎばなし〉という呼称が定着していったのである。

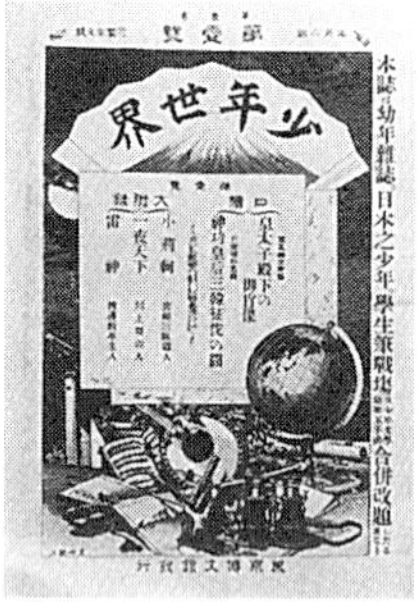

『少年世界』創刊号表紙

井伏鱒二は「少年世界」を愛読していた少年の頃を追想して次のように書いている。

また諸君は幼いとき陽あたりのい丶廊下に腹ばひになつて、「少年世界」の巻頭に載つてゐる面白くてたまらないおとぎばなしを耽読して放課後を過してゐたでもあらう。（略）さうして、そのおとぎばなしには一ばん終りの方に必ず（つゞく）と書いてあるが諸君はおそらく（つゞく）と記してあるところまで読んでしまはなければ、母親の言ひつけに反いてご飯を食べに行かうとはしなかつたに相違ない。ところが（つゞく）と書いてあるのはいかに次号を待ちこがれさすことであつたことか！

「私の追憶の焦点―サ、ナミ山人―」

「私の幼などきの空想力は（小波の）おとぎばなしによつて育てられたと断定してもい丶」と言う井伏は、「若しもサ、ナミ山人のおとぎばなしに、その特性とするテンダネスや明朗な詩がなかつたとすれば、幼などきの私をそんなにまで魅惑しなかつたであらう。」とも書いている。

明治四二年、石川啄木は東京本郷の縁日で二八年頃の「少年世界」を見つけた。「幼かつた日の自分に邂逅したやう」に思い、躍り上がるような嬉しさで支払った二銭五厘を「今迄に費つた金のうちで、最も贅沢な費目の一つ」と記している。雑誌には「思軒氏の訳した『十五少年』が載つてゐた」（「きれぎれに心に浮んだ感じと回想」）とある。森田思軒の「十五少年」（明29・3〜同・10）はジュール・ヴェルヌの『二年間の休暇』の翻訳で、連載中から高い人気を誇り、日清戦争後の国民精神の昂揚も手伝って冒険小説に道を開いた。小波の推薦で『海底軍艦』（明33・11）を出版した押川春浪も博文館に入社して、「少年世界」に次々と冒険小説を発表している。
与謝野晶子を姉のように慕っていた啄木は、明治一九年、岩手の小村に生まれ、井伏は明治三一年、広島の片田舎に生まれている。このように「少年世界」と小波おとぎばなしは日本中の子どもたちを夢中にさせ、明治の児童読み物の世界に君臨したのである。

小波はまた博文館から「日本昔噺」（全二四冊、明27～29）、「日本お伽噺」（全二四冊、明28～31）など膨大な量の叢書を刊行している。「世界お伽噺」（全百冊、明32～41）の完成祝賀会は「お伽祭」と称され三日間にわたって華やかに行われた。絵本の傑作と言われる「日本一ノ画噺」（全三六冊、明44～大4）も見落とせない。

小波の活躍は著作にとどまらず、明治三六年には、川上音二郎・貞奴一座にわが国最初の児童劇と言われるお伽芝居を上演させ、以後「お伽歌劇」「学校芝居」などが各地で演じられた。三九年には文部省嘱託として国定国語教科書の編纂にも協力している。四一年から行った全国各地の口演旅行は、子どもたちに「おとぎのおじさん」と親しまれただけでなく、「幾ら私共が言文一致を主張しても、巌谷君が御伽噺を日本国中に拡げて標準東京語の宣伝を其の文章で遣って呉れなかったら、我国の新日本の文章は迚も現在の程度に発達し得なかったのである」（向軍治　独逸語協会の同級生で「ローマ字ひろめ会」の発起人）というような影響も持っていた。創作再話の他に、古今東西のお伽噺の蒐集整理にも努め、『東洋口碑大全』（大2）、『大語圏』（昭10、没後）がある。

注

（1）植田敏郎『巌谷小波とドイツ文学〈お伽噺〉の源』（大日本図書株式会社　一九九一・一〇）
（2）勝尾金弥『巌谷小波　お伽作家への道―日記を手がかりに』（慶応義塾出版会　二〇〇〇・一一）
（3）桑原三郎『諭吉　小波　未明―明治の児童文学』（慶応通信　一九七九・七）

2　明治の少女雑誌と「少女」像

「少年世界」と「少女世界」の書き分け

少年雑誌の創刊については先に触れたが、「少年園」（明21創刊）について木村直恵の興味深い指摘がある。「少年園」は「既に存在している雑誌購買層を引き寄せるのではなく、むしろメディアのほうが先に自らが理想とする読者対象像を作りあげて提示し、それをさらにメディアを通じて増幅させていく過程のなかで、読者にも承認させ、受容させ、理想として分かち合わせること」を行ったというのである[1]。

つまり、この当時「少年」なる雑誌購買層がすでに存在していたのではなくて、雑誌の方が理想とする「少年」という読者対象像を作りあげて提示し、さらに雑誌を通じてその「少年」像を承認させ、受容させ、理想として分かち合わせたのだと言うことで、この指摘は少年雑誌からほぼ二〇年遅れて創刊が始まる少女雑誌についても当てはまる。

少年雑誌とは独立した形での少女雑誌は金港堂の「少女界」（明35・4）が最初であり、明治期だけを挙げれば「少女界」の後に、「少女世界」（明39・9）、「少女の友」（明41・2）、「少女画報」（明45・1）などが創刊され、晶子は「少女界」を除くこの三誌すべてに寄稿している。とりあえずここでは『おとぎばなし少年少女』に収められることになる童話の寄稿先である「少女世界」（博文館）と「少女の友」（実業之日本社）について見ていきたい。

「少女世界」は明治三九年九月、博文館から創刊された。総合雑誌「太陽」などで知られる博文館は、児童読み物についても巌谷小波を擁した当時の代表的な出版社であり、晶子の『おとぎばなし少年少女』もここから刊行されている。「少女世界」の五周年記念号（明44・9）に、姪に宛てた形をとって巌谷小波は次のように書いた。

今から思ふと昨日の様だが、この少女世界のはじめて出たのは、まだお前が十歳《とう》にもならない時分だつたネ。その時分までは、いつも少年世界を見せてあげたが、あれでは男の子の事が多いと云つて、お前達もずゐぶん不平だつたんだらう。それで私も考へて、更に少女世界を出す様にしたのだが、幸ひに評判が好く、年々に読者が殖ゑて行つて、今ではこの通り盛んになつて居る。

「愛する姪へ（をぢより）」

晶子が寄稿した主な少女雑誌（上笙一郎氏所蔵）

「その時分までは、いつも少年世界を見せてあげたが、あれでは男の子の事が多いと云つて、お前達もずゐぶん不平だつたんだらう。」というくだりに少しこだわってみたい。

「少年園」の創刊から六年余を経て明治二八年一月に創刊された「少年世界」だが、「少年」の概念はまだ新旧重なるものだった。「勉学の途上にある者」というのが「少年」の旧概念で、これは「青年」と大きく重なる。田嶋一によると、「少年世界」には伝統的なこの概念も色濃く残っていたものの、「大人向けの雑誌（「太陽」）の読者になる以前の若年層」を対象とすることで「女子もその対象」とし、「幼年」と呼ばれた小学生をも含む新しく拡大した「少年」という概念も備えていたという。[2]六歳から一七歳まで、女子を含む、という読者層を設定していたところ、中学生を中心とする読者から「紙面の整理をしてほしいという声」があがって「中学世界」（明31・9）の創刊に至り、さらに「幼年世界」（明33・1）と「少女世界」（明39・9）を創刊することで小学校低学年と女子を切り離して、近代的な「少年」の概念に近づいたと分析している。

「少年世界」に「少女」欄が設けられたのは早く、一巻一八号の若松賤子の創作「着物の生る木」（明28・9）がその第一号である。二巻二四号（明29・12）の目次を見てみると、「幼年」「少女」「少年部」と分けられ、「少年部」だけがさらに「史伝」「科学」「尚武」「文学」「小説」「時事」「寄書」に分けられている。三巻からは欄をはずして、「お伽噺」「立志小説」「動物学」「名士逸話」など各作品にさまざまな角書きをつけるようになる。「少女向け」と分別された作品には「少女お伽噺」「少女談」「少女教訓談」「烈女談」などの角書きが付けられている。

「男の子の事が多いと云つて、お前達もずゐぶん不平だつたんだらう。」というのは少女読者の声という「装いを取りつつ」、女子の進学率の高まりによって少女雑誌の市場が形成されてきたと見る出版側の目論見があったのではないだろうか。欄が区切られていようが、角書きが付いていようが、少女たちは少年と同じ雑誌を読んでいたのであり、「十四五までは男女両性を殆ど自覚させないで教育したい」という晶子の考え方に立てば、少女雑誌の創刊は「少年」からさえも「女・子ども」が切り離されていく過程という一面を持っているように思われる。

では、具体的に二つの雑誌を比べてみよう。

晶子が最初の童話「金魚のお使」を「少女世界」に寄稿したのは二巻八号（明40・6）である。同号の主な作品は、田山花袋「さみだれ」（新体詩）、小波「おとぎばなし赤リボン」、石橋思案「少女訓話お苗」、生田葵山「馬士娘」、武田桜桃「鏡御殿」、押川春浪「冒険小説女俠姫」、木村小舟「蛍の光」、佐々木信綱「夏の歌」、竹貫直人「お芋一升」、与謝野晶子「金魚のお使」、海賀変哲「漁夫の娘」、沼田笠峰「ジヤンヌダアク」である。（掲載順）

児童向け性別雑誌の書き手はどの出版社でも大きく重なっているが、同時期の「少年世界」（同年六月号及び七月号）と共通する書き手について簡単に両

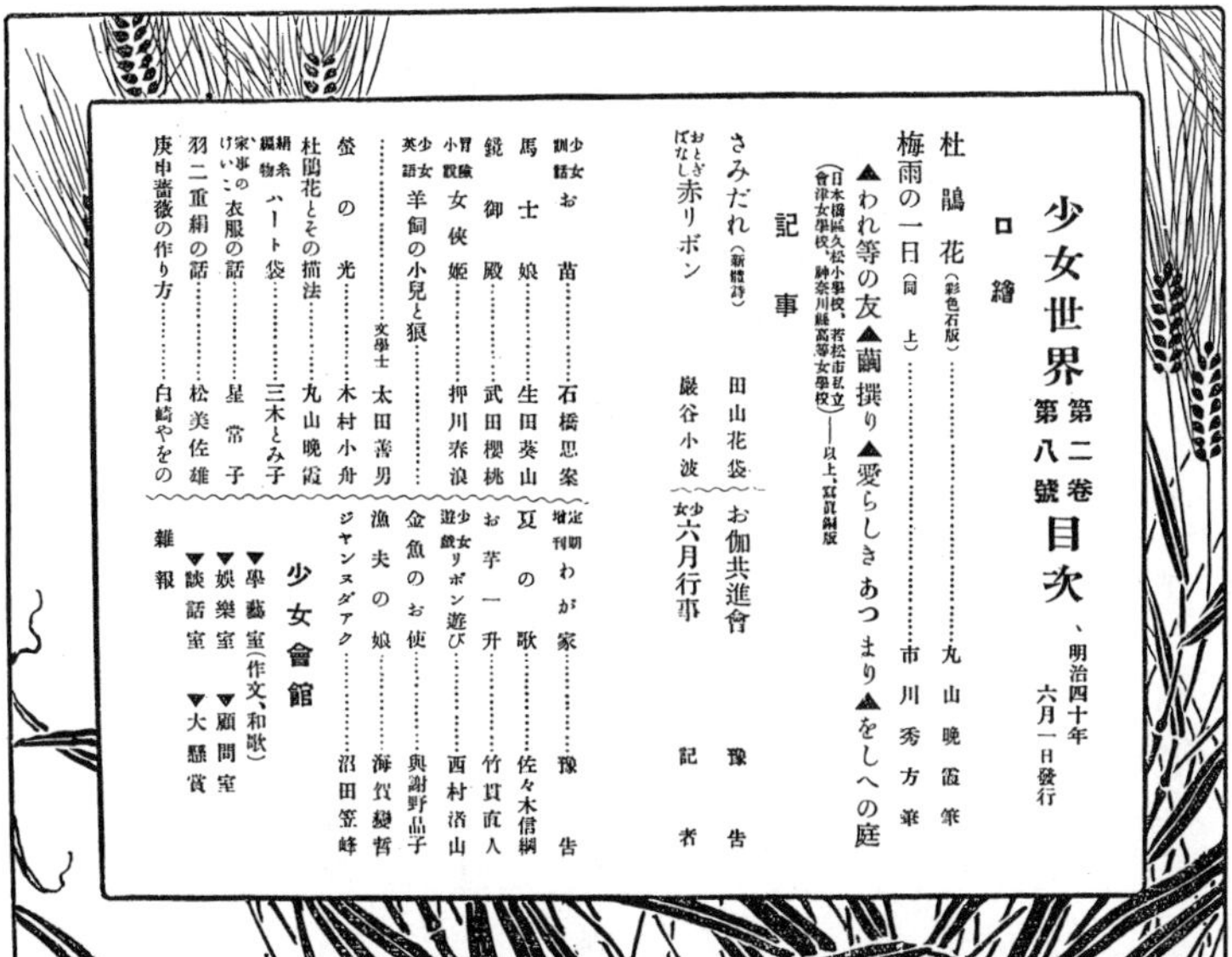
少女世界 第二巻第八號 目次、明治四十年六月一日發行

口繪
杜鵑花（彩色石版）……丸山晩霞筆
梅雨の一日（同上）……市川秀方筆
▲われ等の友▲繭撰り▲愛らしきあつまり▲をしへの庭（日本橋區久松小學校、若松市私立會津女學校、神奈川縣高等女學校）——以上、寫眞銅版

記事
さみだれ（新體詩）　田山花袋
おとぎばなし赤リボン　巖谷小波
少女訓話お苗……石橋思案
馬士娘……生田葵山
鏡御殿……武田櫻桃
冒險小說女俠姫……押川春浪
少女英語羊飼の小兒と狼……文學士太田善男
螢の光……木村小舟
杜鵑花とその描法……丸山晩霞
絹糸編物ハート袋……三木とみ子
家事のけいこ衣服の話……星常子
羽二重絹の話……松美佐雄
庚申薔薇の作り方……白崎やをの

お伽共進會　豫告
少女六月行事　記者
定期増刊わが家……豫告
夏の歌……佐々木信綱
お芋一升……竹貫直人
少女遊戯リボン遊び……西村渚山
金魚のお使……與謝野晶子
漁夫の娘……海賀變哲
ジヤンヌダアク……沼田笠峰

少女會館
▼學藝室（作文、和歌）
▼娯樂室　▼顧問室
▼談話室　▼大懸賞

雜報

「金魚のお使」が掲載された「少女世界」二巻八号の目次

誌を比べてみよう。

	「少女世界」	「少年世界」
巌谷小波	「熊少女橋」邪険にされた村を救う巡礼の娘の話。昔話風。	「三三が九太郎」泣きの三太郎、笑いの三太郎、怒りの三太郎の膝栗毛。
	＊両誌共、お伽仮名で書かれている。	
木村小舟	「摘み草」土筆を摘む二少女の会話の形をとった理科的な読み物。	「昆虫館を観る」名和靖が浅草公園に開いた昆虫館の参観記。
武田桜桃	「鏡御殿」少女が鏡の世界を訪れるという翻案風のお伽噺。	「昔の上野公園」八百年前から説き起こした上野一帯の歴史。
押川春浪	「女侠姫」男装の浪子姫がリミニー姫を救出する冒険物。	「怪島の秘密」紅雲丸の一党がユダヤ人の海賊を滅ぼし、幽閉された日本人を救出する武侠物。
	＊どちらも連載だが、「少年世界」の方はほぼ二倍の長さ。	
竹貫直人	「お芋一升」じゃがいもを桝で量るのは不合理だという随筆風のもの。	「少年図書館」竹貫が実際に開館した「竹貫少年図書館」の案内。
沼田笠峰	「ジヤンヌダアク」伝記物。	「源平二氏の滅亡」歴史物。

※「少女世界」の巌谷小波と木村小舟については、ページが欠けていたため三月号で比較している。タイトルはすべて目次のものを使った。

この簡単な表からも、題材、分量、表現の仕方などについて、同じ筆者が「少年世界」と「少女世界」を書き分けていることが明らかだろう。お伽噺だけ見ると小波は「少年世界」の方が幼年向けのように見えるが、「少年世界」には他に「僕の演題」として「改定仮名遣の実施延期、首相の文士招待」といった社説風の文章を寄せているのである。また「少年世界」では「理科」「歴史」「軍事」「実業」など充実した欄が立ててあるのに対して、「少女世界」は「絹糸編物」「家事のけいこ」などにページを割いている。「少年世界」と「少女世界」を比べ読んでみると、結局のところ「少女」を意識した編集の内実は、社会に目を向けさせることなく身近な家政に関心を持たせることであり、いわゆる良妻賢母のゴールに向けて女の子を仕立ててゆくことであるのを実感させられる。

晶子が「少女世界」に寄稿したいきさつは不明だが、夫鉄幹は「川狩」（明34・10）、「ままごと」（明35・11）などの詩を「少年世界」に寄稿しており、「明星」には巌谷小波の談話「お伽噺に現れたる露国気質」（明37・3）が掲載されたりして小波との交流が確認できる。「少年世界」に寄稿した女性の書き手としては若松賤子や北田薄氷《うすらひ》がいるが、「少女世界」の創刊時には賤子（明29没）も薄氷（明33没）も既に故人である。著名な女流歌人であり、当時四人の子どもの母であった晶子に白羽の矢が立ったのは自然の成り行きであったろう。

「少女世界」に掲載された晶子の童話は六編に過ぎないが、最初の童話「金魚のお使」（明40・6）の寄稿先として注目したい。他にも、華やかな花簪たちが箱の中で舞ったり身の上話をしたりする「花簪の箱」（明44・2）、いとこの上等の帯を羨んでこっそり結んでみたところを咎められるという自身の苦い経験に取材した「紫の帯」（明45・2）、家庭の事情から進学できない少女が自尊心を持って生きていこうとする「お師匠さま」（大2・11）など、一二、三歳の読者を想定した、少女小説の習作と言える作品を含んでいる。

「少女の友」の「少女」像

小波を中心とした博文館全盛時代に、後続出版社の一つとして台頭してきたのが実業之日本社である。明治三九年「婦人世界」と同時に創刊された「日本少年」は、題の付け方や挿絵、彩色印刷などに工夫をこらして部数を伸ばし、二年後には早くも「少女の友」が創刊されて星野水裏が主筆となった。

水裏の入社をめぐる、高信峡水の回想を見てみよう。

> 早稲田で同窓の親友星野白頭君が、古河鉱業の昆田文次郎氏の御紹介で、新しく実業之日本社から発刊される少年雑誌の編輯者にといふ話があり、ついては童話を一篇書いて持参するやうにといふことだつた。星野君はなかなか異色のある文章を書く天才肌の男だつたが、「童話」というものはまだ生れて一度も書いたことがないというので、私に代作してくれと内所で頼まれた（今だからもう白状してもい、と思う《ママ》が）。そこで、私が鈴虫の何とやらいふのを書いて渡したのを増田さんにお眼にかけると、それが、帝大出の他の候補者のより遥かにすぐれてゐたといふので、それに同じ新潟出身、早稲田出身とい《ママ》強みもあつて、忽ち採用された。そのお礼に、といつてはをかしいが、星野君が、私をやはり同時に発刊される筈の婦人雑誌の編輯者として推薦してくれた。
>
> 「わが師・わが恩人」『増田義一追懐録』（実業之日本社　昭25・4）

ここで言う「少年雑誌」とは「日本少年」、「同時に発刊される筈の婦人雑誌」とは「婦人世界」である。峡水の回想からは、文章に自信があっても子ども向きにどのようなものを書けばよいのかわからない、という青年水裏のとまどいが伝わってくるし、自信満々の峡水にしても「鈴虫の何とやら」が「童話」だという程度の認識だったことが窺える。ともかくも、こうして水裏は「日本少年」の主筆になり、一年志願の兵役を済ませて、創刊された「少女の友」の主筆になった。相手が「少年」であれば自身の少年期を参考にもできようが、「少女」となれば余計にどのようなものを書いてよいかわからないというのが、主筆に納まった水裏の正直な気持ちではなかったかと思われる。

しかし主筆になった水裏は「少女の友」に独自のカラーをつけていく。五周年記念号「増刊五つの春」（大2・3）で水裏は、「少女の友」の主義精神を「家族的親愛主義」と呼び、「少女の友は一の大なる家庭であつて、記者及び読者は其家族であり、父母兄姉が其弟妹の身の上を思ふ如く」編集したと述べている。

少女といふものは、ひねくれて居てはいけない、素直でなければならぬ。下品ではいけない、上品でなければならぬ。常に清く美しく尊く、すべてに於て愛らしくなければならぬ、と我等は願つた。

「記者さま」「先生」と呼び掛ける読者と父兄の如くに応える記者との濃密な雰囲気は、読者会や催し物で直接に顔を会わせることで増幅され、他雑誌にも増して巻末の読者欄に充満している。まさに、「少女」像を作りあげて提示し、それをさらに雑誌を通じて読者に承認させ、受容させ、理想として分かち合わせる過程であった。では、こうした水裏の編集方針はどのように誌面に反映しただろうか。

初期の「少女の友」の構成を見るために、晶子の作品が最初に載った一巻三号（明41・4）の目次を見てみよう。巻頭に「彩色口絵」と「写真口絵」。ここからが「記事」で「四月の歌」「合唱堤」「お口直し」までを「水野うら子」の名で書いているのは水裏である。竹久夢二「露子と武坊」、高信峡水「光ちゃんのお化粧」、晶子

「女中代理鬼の子」、編集局選「わらひばなし」までが幼年、低学年向きの読み物としてまとめられている。続いて歴史に題材を採った渡辺白水の貞女・烈婦美談があり、編み物や料理の記事と科学読物「姉さんの百物語」、訓話、高学年向きの少女読み物（一巻九号から「少女小説」と角書きが付く）が後半に置かれる。後半には「須磨子」というペンネームで永代静雄が訳出した「不思議の国のアリス」などの翻訳・翻案ものも含まれ、そして最後に読者の投稿欄という構成である。

「少女世界」と比べると、創刊期の「少女の友」は誌面を幼年と年長にまとめ、幼年向きの創作を充実させようという意向を感じるが、「記事」冒頭にある水裏の幼年向き作品は、早くも一巻七号から「少女訓話」に代わっていく。幼年向きの創作の難しさと共に、雑誌が作り出していこうとする少女像が直接形を現わしてきたものだろう。

一巻九号から「おとぎばなし」と角書きが付く品

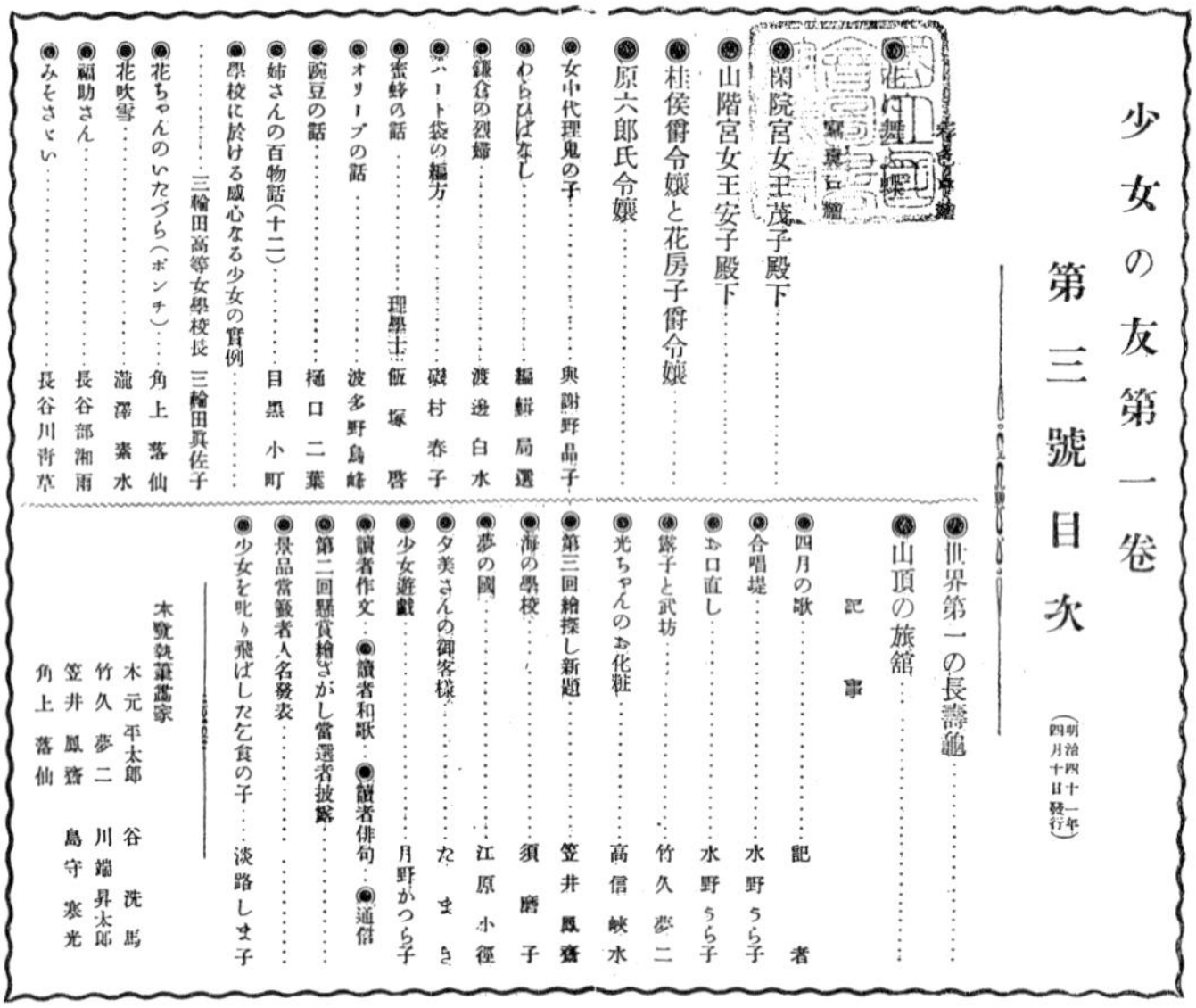

少女の友第一巻
第三號目次
（明治四十一年四月十日發行）

●閑院宮女王茂子殿下……
●山階宮女王安子殿下……
●桂侯爵令嬢と花房子爵令嬢……
●原六郎氏令嬢……
●女中代理鬼の子……與謝野晶子
●わらひばなし……編輯局選
●鎌倉の烈婦……渡邉白水
●ハート袋の編方……磯村春子
●蜜蜂の話……理學士 飯塚啓
●オリーブの話……波多野烏峰
●豌豆の話……樋口二葉
●姉さんの百物語（十二）……目黒小町
●學校に於ける感心なる少女の實例……三輪田高等女學校長 三輪田眞佐子
●花ちやんのいたづら（ポンチ）……角上落仙
●花吹雪……瀧澤素水
●福助さん……長谷部湘雨
●みそさゞい……長谷川嵜草
●世界第一の長壽龜……
●山頂の旅舘……
記事
●四月の歌……記者
●合唱堤……水野うら子
●お口直し……水野うら子
●露子と武坊……竹久夢二
●光ちやんのお化粧……高信峡水
●第三回繪探し新題……笠井鳳齋
●海の學校……須磨子
●夢の國……江原小徑
●夕美さんの御客様……たまき
●少女遊戯……月野かつら子
●讀者作文…●讀者和歌…●讀者俳句…●通信
●第二回懸賞繪さがし當選者披露……
●景品當籤者人名發表……
●少女を叱り飛ばした乞食の子……淡路しま子

本號執筆畫家
木元平太郎　谷洗馬
竹久夢二　川端昇太郎
笠井鳳齋　島守寒光
角上落仙

晶子が初めて「少女の友」に寄稿した一巻三号の目次

子の作品は、竹久夢二の「ゐとぎ露子と武坊」、高信峡水の「光ちゃん」シリーズとセットにして毎号連載された。夢二の「ゐとぎ露子と武坊」は見開きの二ページで角書き通り絵が主体、峡水の「光ちゃん」は晶子と同じ四ページ程度の短編で、幼い子ども（三、四歳）の日常に起きそうないたずらや失敗をスケッチ風に描き、どちらも人気のシリーズものであった。

後半の少女小説の方は高学年の読者を対象として、貧乏や身分の差からいじめられる少女、もらわれていく子ども、親の病気や死、家庭の不和などに耐え、犠牲になる少女を美談や哀話に仕立てたものが圧倒的に多い。少女たちは逆境にいても「素直」で「愛らしく」、そうでない少女たちは悔い改めるという結末も水裏の少女像と重なっていく。

「少女の友」と晶子

水裏の少女観は晶子と大きな隔たりがあった。「上品」ということは晶子も大切だとして、『一隅より』には次のように述べている。

> 又子供達に自尊心を養はす為に「自分は上品な立派な人間になるのだ」と云ふ事を教へ、其上品な人間と云ふのは、正直に物を云ふ事、自身の事にも又人の事にも注意して清潔にする事、其れから立派な人間と云ふのは学問が良く出来て、世界の上の万事の筋路が明確《はつきり》と解る事、どんなに微細な技術でも、高尚な職業でも、低い賤しい労働でも出来る事であると言ひ聞せます。

晶子は「自分の二人の男児と二人の女児」、つまり男女に共通のものとして「上品な立派な人間になる」ことを教えているのである。一方の水裏には「愛らしい少女になれ」ということだけがあって「立派な人間になれ」という呼びかけがなかった。自ら「家族的親愛主義」と称するように、編集者と読者の関係は家父長制の色の濃い明治大正期の家族制度と相似形であり、背景にあったのは良妻賢母の提唱であった。

水裏の少女観や「少女の友」について、取り立てて晶子が発言することはなかったが、「女中代理鬼の子」（明41・4）から「おとり鳥」（大2・7）までの五年余りのほぼ毎月、晶子が飽きもせず「少女の友」に書き続けたのが、楽しくてのんびりした児童向きの作品であったことが晶子の童話観、少女観を示している。

一方水裏の方は、晶子の童話を気に入っていたようで、晶子の寄稿は水裏が主筆をつとめた時期と重なっている。先に引いた記念号「増刊五つの春」（大2・3）では、創刊号から「晶子さんのお伽噺始まる」と記されている。実際には一巻三号の「女中代理鬼の子」が最初なのだが、創刊号から原稿の依頼をしていたのかもしれない。明治四二年二月の同誌「社友のおもかげ」には、

△与謝野晶子先生。同じ東京でも先生は大変遠い所に住んでゐらっしゃいましたし、それにお子さん方のお世話や何かでお忙しいと承って居るものですから、まだお目にかかりません。

とあるので、晶子と直接の面識はなかったことがわかる。

水裏の下で編集に携わった渋沢青花が、晶子の「金ちゃん蛍」に関する水裏の反応を書き留めている。水裏は「妾」「芸者あるいは半玉」「継母」「尻」という言葉を使わなかったばかりか、寄稿にあれば削ったり書き直したりするという徹底ぶりだったが、晶子の寄稿第二作である「金ちゃん蛍」（明41・6）を読んで感心したのだという。水裏は次のように述べている。

（「金ちゃん蛍」には）「お尻」という文字が一つも使ってない。蛍のお尻が光るということは、だれでも普通にいう言葉なので、こればかりは別に下品とも失礼とも思われないようなものであるが、晶子さんは一字も使われなかった。／晶子さんは、お尻と書かねばならぬところには、すべて後と書かれた。しかも使い方が自然で、少しもおかしくない。これ以後わたしは、ますますかたくこの誓いを守った。(3)

「金ちゃん蛍」は、蛍が光るようになった由来譚の形をとった童話である。「頭のところが一寸赤いだけで、あとは只まっ黒の虫」だった蛍が、子どもたちに嫌われて踏み殺されたりするので困ってしまって神様のところに相談に行き、光をもらって帰ってくるという話である。タイトルの「金ちゃん蛍」は賢くて勇気のある主人公の蛍で、神様に光を灯してもらい、他の蛍のために「ヨイ、ヨイ、ヨイ、と、三つふる」と火がつく棒をもらって帰る。光りながら降りてくる「金ちゃん蛍」と、驚きながらそれを迎える地上の蛍たちとのやりとりが楽しい。地上に降りて棒を振るクライマックスの場面は、

さうしますと、皆の蛍が一度に火がついたものですから、そのきれいなこと、云へば、大きな花灯《はなび》がパッと出てそして少しも消えずに居るよーなものです。（仮名遣いは初出のまま）

と美しく描写されている。言われてみれば確かに「お尻」という文字は一つも使われず、「後《うしろ》だから自分では見えないのですよ」という表現が一箇所出てくるだけである。

五周年記念号には、水裏が「上品」ということを大切にして登場人物の名前にまで神経を使い、寄稿された作品に「色香とか花香とかいふ名前」がついていると「嘔吐を催すね。」と言うほどであったという同僚瀧澤素水の回想もある。晶子は「言葉づかひが野卑」なものを嫌い、童話作品もていねいな言葉遣いで書いたから、その

点でも水裏の目に適ったのであろう。

青花はまた「日本少年」主筆の有本芳水と星野水裏の編集方針を比べて、「誌面を常に新鮮にし、刷新する」芳水、「依頼した人を固定させ、親しみを深くする」水裏と述べており、こうした水裏の編集方針が長期にわたる晶子の連続寄稿につながったものと思われる。

掲載された晶子の短編童話は五〇編にのぼる。いわゆる生活童話的なもの、空想的なもの、民話の再話めいたものなどがあってばらつきが大きく、それはそのまま『おとぎばなし少年少女』（明43・9）に持ちこまれることになった。この集に収められた二七編の童話中、「少女の友」掲載作品は二五編を数えている。固定した読者との関係が「文ちゃん」という晶子童話のキャラクターを生み出したこと、少女小説「環の一年間」（明45・1〜大1・12）を一年間に亘って連載したことなども付け加えておきたい。

注

（1）　木村直恵『〈青年〉の誕生』（新曜社　一九九八・二）

（2）　田嶋一「『少年』概念の成立と少年期の出現―雑誌『少年世界』の分析を通して―」（「国学院雑誌」一九九四・九）

（3）　渋沢青花『大正の『日本少年』と『少女の友』―編集の思い出』（千人社　一九八一・一〇）

3　晶子の童話集『おとぎばなし少年少女』

「はしがき」に見る晶子の童話観

与謝野晶子には、二編のお話を収めた『絵本お伽噺』（明41・1）があると言われているが、本格的な童話集は『おとぎばなし少年少女』（明43・9、以下『少年少女』と略記）一冊と言ってよいだろう。『少年少女』は二七編の短編に各一枚の挿絵がついたB六版三一八ページの単行本で、博文館から刊行された。一〇歳くらいの和服の少年と少女が花のそばで語らっている口絵が一枚。装丁や挿絵の担当者は明記されていないが、挿絵は複数の画家によって描かれている。

まず目次順に、二七編のタイトルと初出、初出時の挿絵画家を記しておく。

金ちゃん蛍	「少女の友」（明41・6）	竹久夢二	
女の大将	「少女の友」（明42・4）	川端龍子？	
燕はどこへ行つた	「少女の友」（明43・5）	不明	＊燕はどこへ行た
鶯の先生	「少女の友」（明42・3）	川端龍子	
金魚のお使	「少女世界」（明40・6）	竹舟のサイン	
お化けうさぎ	「少女の友」（明41・12）	小泉勝爾	
虫の病院	「少女の友」（明42・10）	不明	
お留守番	「少女の友」（明42・12）	川端龍子	＊お留守居
山あそび	「少女の友」（明42・2）	川端龍子	
ニコライと文ちゃん	「少女の友」（明43・3）	不明	
虫の音楽会	「少女の友」（明41・10）	小泉勝爾	＊懸賞音楽会
蛍のお見舞	「少女の友」（明42・6）	不明	
紅葉の子供	「少女の友」（明42・11）	不明	
芳子の虫歯	「少女の友」（明42・5）	川端龍子	
伯母さんの襟巻	「少女の友」（明43・2）	不明	
蛙のお舟	「少女の友」（明42・7）	不明	＊蛙のお船
美代子と文ちゃんの歌	「少女の友」（明41・11）	川端龍子	
贈りもの	「少女の友」（明42・8）	川端龍子	
ほととぎす笛	「少女の友」（明43・4）	不明	
こけ子とこつ子	「少女の友」（明42・1）	川端龍子	
文ちゃんの朝鮮行	初出不明		

衣装もちの鈴子さん　「少女の友」（明41・9）不明
うなぎ婆さん　「少女の友」（明42・9）不明
三疋の犬の日記　「少女の友」（明43・1）川端龍子？
赤い花　「少女の友」（明41・8）不明
鬼の子供　「少女の友」（明41・4）竹久夢二　＊女中代理鬼の子
早口　「少女の友」（明41・7）川端龍子

（＊印は改題された作品の初出タイトル）

このように『少年少女』（博文館）の童話は、ほとんどが「少女の友」（実業之日本社）に掲載されたもので、初出時には竹久夢二や川端龍子による新しい感覚の挿絵が付けられていた。それらの挿絵と比べると、『少年少女』は動物の擬人化の仕方などが古めかしくて、はなはだしく見劣りがする。

同じ年の末に刊行された小川未明の『おとぎばなし集赤い船』（明43・12）は近代的な童話集の嚆矢という高い評価がされているが、そこには宮崎与平の清新な挿絵が付けられていたことを思うと、なおさらに子ども向けの本における挿絵の影響の大きいことを感じるのである。書名にしても『赤い船』のように、集の中の代表的な一編を採って付けるのが一般的であった時に、晶子の『少年少女』というネーミングはなかなか新しかったと思われる。

さて『少年少女』には、目次の前に「はしがき」が掲げられていた。ここには当時の晶子の児童観、児童文学観が窺えるので、全文を引いておく。

自分の二人の男の児と二人の女の児《こ》とが大きく成ツて行くに従ツて、何かお伽噺が要るやうに成ツて参りました。それで、初《はじめ》の内は世間に新しく出来たお伽噺の本を買ツて読んで聞かせるやうに致して居りましたが、それらのお伽噺には、仇打《かたきうち》とか、泥坊とか、金銭に関した事とかを書いた物が混ツてゐたり、又言葉づかひが野卑であツたり、又あまりに教訓がかツた事を露骨に書いたりしてあツて、児供《こども》をのんびりと清く素直に育てよう、潤《ひろ》く大きく楽天的に育てようと考へてゐる私の心持に合はないものが多い所から、近年は出来るだけ自分でお伽噺を作つて話して聞かせる事に致して居ります。その中から三十種ぢかくを択《えら》んで印刷しましたのが此お伽噺です。印刷しますに就いては仮名遣は在来のお伽噺の例に拠らずに、一切只今の文部省仮名を用ゐました。仮名遣をむつかしい物の様に言ふのは記憶力の鈍い大人の心持から申すことで、児供の頭脳には水の流れる様に楽に這入ツて行くものであると、私は我児に対する実験の上から信じて居ります。

明治四十三年九月、　　　　与謝野晶子。

このように「はしがき」には晶子が「お伽噺」を書くようになった動機としての「世間に新しく出来たお伽噺の本」への批判、子育ての理想、仮名遣いの問題などが述べられている。

これまで「はしがき」は、晶子の童話執筆の動機が「自分の二人の男の児と二人の女の児」であることの証明のように使われてきたが、もっと重要なことは「世間に新しく出来たお伽噺の本」を晶子がどのように見ていたかということである。「仇打とか、泥坊とか、金銭に関した事とかを書いた物」があり、「言葉づかひが野卑」あるいは「教訓がかツた事を露骨に書い」ているという題材と文体への批判、そして後三分の一を使っての仮名遣い、つまり表記の問題までを含んでいることに注目したい。

「世間に新しく出来たお伽噺の本」と言えば、巌谷小波に代表される著作を指すと考えるのが妥当だろうが、例えば「仇打」が『こがね丸』を指すというような個別の作品に対する批判ではなく、富国強兵や立身出世を目標とするような、あるいは二宮尊徳や赤穂浪士の討ち入りを称揚するような少年雑誌や少年文学叢書の傾向、風潮への批判と見るべきだろう。「言葉づかひが野卑」というのは戯作的な洒落や地口、少女雑誌に散見される特有の言い回しを指すと思われる。

「教訓がかツた事を露骨に書い」ているという箇所についてはどうだろう。教育界が求めてくる勧善懲悪的な「教訓ばなし」には小波も批判的であった。例えば『少年少女』刊行の前年、明治四二年二月の「東京毎日新聞」に小波は「少年文学の将来」という一文を寄せている。「我が国の少年文学は未だ程度が甚だ低いやうに思ふ。」と書き出し、「お伽噺といへば誰でも教訓ばなしと心得て、其の教訓といふ事が所謂勧善懲悪主義に偏つて其れを教へるもの、やうに解釈されてゐた。」と嘆いている。ではどんなものが「進んだ少年文学」に求められなければならないと小波は考えたか。まず挙げるのは「詩的お伽噺とか情的お伽噺」である。「お伽噺を文学として取扱」うことから少年文学の将来が開けるというのが小波の主張であった。また一方では「今日の活動本位の社会」にふさわしい教訓性を挙げている。小波の大きな業績に含まれた功罪を簡単にまとめることはできないが、小波は明治の新体制の側にあって「少年文学」を社会に認めさせようと啓蒙した人である。どのようなことを「今日の活動本位の社会」にふさわしい教訓性と見るかについて、晶子は小波とは異なった見解を持っていたと考えられる。

最後に、「在来のお伽噺の例に拠らずに、一切只今の文部省仮名を用ゐました。」と晶子がわざわざ断った背景について触れておく。明治になって、洋風開化の必要性と児童の文字習得の負担を軽くするという教育上の問題から、煩雑な漢字と複雑な仮名遣いとの簡略化はしばしば論議の対象になった。児童雑誌に関わり、ドイツで日本語を教えるという経験をした小波は、その両方の観点から発音式仮名遣い（「お伽仮名」とか「わ仮名」とか呼ばれるもので、例えば「太郎さんわ」と表記する。）を提唱したのである。小波は明治三四年からこの仮名遣いを使い始め、三九年には国定教科書の編纂に参与、四四年には文部省の文芸委員会の委員となって「新仮名遣」を提唱した。

一方、文部省の臨時仮名遣調査委員会の委員として仮名遣改良案に真向から反対したのは森鷗外であった。鷗外亡き後、それを受け継いだのは与謝野鉄幹や木下杢太郎といった「明星」系列の人たちである。大正末になるが、木下杢太郎は仮名遣改良案に反対する理由を次のように述べている。

人間の問題は甚だ複雑であるから、唯学問なり、仕事なりの上のエフイシエンシイと云ふもの丶みを唯一の標準とする訳には行かないと云ふ事であります。（略）漢字を覚え、漢学を修め、又仮名遣を――日本の古典を習ふ為めに、英語を習ひ、物理学、法律学を学ぶ時間が幾分殺がれるかも知れませんが、其等の苦労の為めに人間としての見識を高める事が無いとも言はれないのであります。国語調査会案の漢字制限や、新仮名遣を以て教育せられた学生は、新聞や雑誌や教科書から知識を受くる事が出来ても、もつと深くその知識の源泉を窮める力は段々減退するのであります。

「日本文明の未来」（大14）

晶子もまた、次代の日本文化の伝承者である児童の読み物にこそ正確な仮名遣いを使うべきだと考えていたのである。（「少女の友」に掲載された作品は、おそらく編集側の方針で、撥音がすべて小さい字になっていたが、『少年少女』に収める際すべて旧仮名遣いに戻されている。）

『少年少女』の子どもたち

『少年少女』二七編の中で、子どもの登場人物に年齢の明記されているのは四編あって、七歳から一二歳の間である。読者の年齢もこの辺りに想定されていると見てよいだろう。複数の子どもが登場するものの関係を見ると、姉弟六編、兄弟・姉妹・兄弟が各二編で、友だちの登場するものは六編ある。「光」や「茂」のように晶子の息子の名前が使われているのは三編で、多いとは言えない。

親が出てくる一三編のうち、話の展開上に重要な役割を果たすものは六編ある。その中で、「贈りもの」と「衣装もちの鈴子さん」はどちらも乳母が主人公となって見栄を張ることの愚かさを主題としているが、教訓的というよりは誇張された見栄張りが笑いを誘う。どちらの場合も母親は乳母をたしなめる役割で〈賢い母・愚かな乳母〉のパターンになっている。「芳子の虫歯」、「早口」の母親に「女の大将」の叔母も加えて、女親は〈教えさとす〉役割を持っているようだ。残り二編は父親で、「美代子と文ちゃんの歌」では上野公園へ吟行に、「文ちゃんの朝鮮行」では朝鮮までも子どもたちを連れて行ってくれるような親しみのある父親像である。「宅の児供達はよく父親に湯に入れて貰ふ。良人も児供を洗つて遣るのに興味を持つてゐる。」と晶子は鉄幹の一面を書き留めたが、童話の父親像には鉄幹が投影しているようである。

次に時代の設定としては、二五編が「現代」の話で、「昔〜」と始まるものは二編ある。二編のうちの一編は「昔ある山里に」と始まる「うなぎ婆さん」。鰻取りの名人であるおとめ婆さんが自分は鰻だと思い込んでついには沼に入水してしまう。以来その沼の鰻は「どれも普通の鰻とは少し違って、鰭のあたりが少しふくれて居」たが、それはおとめ婆さんが巾着を下げていたからであろうと由来譚ふうに結ばれる。民話風で「凄さを感じさせる」という評価があるが、「凄さ」というよりは一途な思い込みが生む可笑しさが主題で、「ニコライと文ちゃん」などに通じる作品であると思われる。自分は人間以外の何者かではないかというノンセンスな発想は、のちに長編『八つの夜』にも見ることができる。

もう一編は「むかしむかし」と始まる「金ちゃん蛍」で、これも蛍が光るようになったのはどうしてかという由来譚の形を取っている。ただ作品の終わりでは、「むかしむかし」のはずの「金ちゃん蛍」が、現代に生きている「光さん」の家へ遊びにくるという構成上の破綻をきたしている。とはいえ、神様のところまで光をもらいに行く勇気のある「金ちゃん蛍」が、いま子どもの家に遊びにきてくれるという嬉しさのために、童話の読み手には首尾の一貫しないことなどたいして気にならないようにも思われる。語りから生まれた痕跡を残す作品の一つである。

場所の設定では主人公の家の周辺が二二編で最も多い。「ニコライと文ちゃん」のニコライ堂、「虫の音楽会」の日比谷公園音楽堂、「美代子と文ちゃんの歌」の上野公園など東京の有名な場所を舞台とするものも、地理的には主人公の家の近所という設定になっている。これらは明治になって生まれた新しい名所と言える場所であることにも留意したい。遠方へ行くものとしては、「金ちゃん蛍」が神様のところへ、「紅葉の子供」は京都へ紅葉狩りに、「山あそび」は河内へうさぎ狩りに行っている。「女の大将」と「文ちゃんの朝鮮行」のように外国まで行くものも二編あるが、そのすべての主人公がふだんは東京に暮らしている。つまり『少年少女』の主人公のほとんどは〈いま東京に暮らしている七歳から一二歳の子ども〉であると言える。

擬人化された動植物が出てくる一一編には必ず人間の子どもも登場して、擬人化されたそれらと交歓することも特徴の一つである。少女が建てた「虫の病院」に入院しているのは、石の下敷きになった蟻、機を織りすぎて骨折したハタオリ、食べ過ぎの蛙というように、いかにもその虫に似合った病名がおもしろい。日比谷公園音楽堂で開かれる「虫の音楽会」では、イソップ物語を踏まえて、「ほしひ（干飯）」を賞品にもらった油蟬が「冬になつても蟻の所へ御無心に行かないでも好い」と喜んだり、蛙の賞品が塩に溶けてしまうはずの「なめくじの塩漬」だったりと明るい笑いがそこかしこにある。留守番をする子どもたちが、部屋の中のものをつぎつぎに動物に変えて楽しむ「お留守番」や、テッペンカケタカという笛の音をさまざまに聞きなす「ほととぎす笛」など、見立て、聞きなしなどの言葉あそびが軸となって展開する作品もいくつかあり、どれも楽しんで読むことができる。

では現在まで『少年少女』はどのように評価されてきたのだろう。

上笙一郎は晶子の児童文学的な仕事に最初に注目した人であり、「与謝野晶子『少年少女』のこと」「晶子その児童文化的側面」の二論文を含む『与謝野晶子の児童文学（増補版）』において、童話・少女小説、童謡・少年少女詩、児童向け随筆、文化学院での国語科教科書編集などに及ぶ晶子の児童文化的な全仕事を発掘、紹介した。『少年少女』については次のように述べている。

　これら二十七篇の短編童話の児童文学的な価値は、残念ながらそれほど高いとは言えません。あるものは無闇に泣いては人に笑われるという寓意を秘めた教訓話であり、あるものは簡単な思い違いや言葉の綾を軸とした滑稽譚であり、またあるものは身近な小動物を擬人化して子どもたちと交渉させた空想物語なのですが、いずれも当時の所与の価値観に立脚して書かれていて、近代的な思想や想像力のひらめきはほとんど無いとしなくてはならないからです。

ただ「日本における近代童話のめばえと言われる小川未明の『赤い船』（明治四十三年十二月・京文堂刊）よりも三箇月前に上梓されていることを考えれば、よくぞこれだけの童話を創ったもの――と評さなくてはならない」としている。

上の後、晶子の児童文学について論及したものはいくつかあるが、どれも「母の童話」としての評価を越えない。童話の執筆動機に与謝野家の経済的困窮を挙げた上の指摘以来、「内発されて児童文学をはじめたのではなく、生計のための一種のアルバイトだったのだ」と断定するものすらあるが、童話に限らず、晶子のさまざまな分野での表現活動は、すべて与謝野晶子という人間の内発的な活動であることは言うまでもない。また、「母親童話」という言葉には明確な定義はなくて、文字通り〈母親が我が子のために語った童話〉というほどの意味で使われているようだが、子どもの生活圏に取材しながら空想的な世界と自在に往還する『少年少女』の魅力は、文学作品としてもっと積極的な評価に値すると考えている。

例えば「金魚のお使」「女の大将」「ニコライと文ちゃん」の三編は、上の言う「身近な小動物を擬人化して子どもたちと交渉させた空想物語」「無闇に泣いては人に笑われるという寓意を秘めた教訓話」「簡単な思い違いや言葉の綾を軸とした滑稽譚」に当たるわけだが、果たしてそうなのかどうか。この三作品について、より深く晶子童話の世界を探ってみたい。

「金魚のお使」電車に乗る金魚

■三匹の金魚、電車に乗ってお使いに行く

「金魚のお使」の初出は「少女世界」第二巻第八号（明40・6）、七八ページから八一ページにかけての見開き四ページ。挿絵については後述するが、「竹舟」とサインのあるものが二枚添えられている。

「金魚のお使」は晶子の最初の童話であり、子ども向けの作品を書くことに不慣れな感じがあるものの、着想のユニークなこと、上品なユーモアと丁寧な言葉遣いという晶子童話の特徴をすでに備えている。また『少年少女』（明43・9）に収める際に唯一つ大きく改稿された作品でもある。「少女世界」に掲載されてから三年余り経って童話集に収録されたわけだが、その間毎月「少女の友」に童話を書いていた晶子としては、最初の作品である「金魚のお使」に不満がでてきたのだろう。逆に言えば「金魚のお使」は、改稿を加えてでも収録したいと思わせるだけの作品だったわけである。

この作品のおもしろさは〈金魚が電車に乗ってお使いに行く〉という着想にある。冒頭の場面、「駿河台の菊雄さんの所」へお使いにやる者がいなくて太郎が困っていると、二郎が「兄さん、金魚をお使にやりませう。」と提案する。金魚が水の中でしか生きられないことは子どもでも知っているのだが、この提案がすんなり通ってしまうことで読者は一気に童話世界に引き込まれて行くのである。

改札口で切符が買えなかったり、発車する間際に水がほしいと騒ぎ出したり、トンネルを知らずに夜だと思って眠り込んだり、金魚たちはいくつかのピンチを乗り切って菊雄の家に到着し、菊雄に褒められて母様からご褒

美をもらう。そうしてまた電車に乗り、太郎たちが「小さいばけつを一つづつ持つて」待つ停車場《ステーション》へ無事帰ってくるところで終わる。太郎の飼っている「赤」、二郎の「白」、千代の「斑」という金魚の色彩も効果的である。瀬田貞二の指摘(1)にあるように、昔話にも多い〈行って帰る〉という形式は、幼年の子どもたちにも理解しやすく、喜ばれる手堅い構成である。晶子は自分の子どもに語って聞かせる体験から、そのことを知っていたのであろう。『少年少女』では他に「金ちゃん蛍」「女の大将」「三疋の犬の日記」の三編がこの形式で書かれているが、「金魚のお使」の完成度が最も高い。

さて、金魚の乗る電車は当時実在した甲武鉄道である。現実と空想が綯い交ぜになって童話の世界を作り出す。飯田町から八王子までが全通したのは明治二八年四月、金魚が乗るのは明治四〇年。東京電車鉄道が三銭均一の低運賃を実現させて、路面電車は庶民の乗り物になっていた。乗る人の暮らしぶりや老若男女を問わず、一つの箱に入れて運んで行く電車は形態自体が近代的であり、それを日常的に乗りこなすのが都会人だった。電車ごっこなどの遊びが子どもの世界にも生まれてくる。電車という新しい乗り物、身近ではあるが子どもだけで乗ることは余り無い乗り物に金魚たちが乗って行くという設定は、子どもたちの興味を十分に引きつける。

子どもは乗り物が好きだ。『少年少女』の中でも、東京に出て来た文ちゃんは人力車に乗り（「ニコライと文ちゃん」）、三匹の小犬は電車に乗って浅草見物に行く（「三疋の犬の日記」）。自動車や人力車や馬車に乗って花子さんのお見舞に来る蛍もいる（「蛍のお見舞」）。そればかりではない。晶子は大正六年に女性飛行士の飛行を見て、「現代文明の新しい機関を操縦すること」は「現代的な、新しい精神と新しい様式とを備へた生活を打建てること」だとして「深い精神的な所に愉快な刺戟を受けた」（「ス嬢の自由飛行を観て」）と記している。駅名を知ること、電車に乗ることも「現代的な、新しい精神と新しい様式とを備へた生活を打建てる」最初の一歩だと考えたのではないだろうか。
ここで、改稿された箇所をいくつか挙げてみる。

駅夫が笛をピリピリッと吹かうとしまして、『ピ』と吹きかけますと、
赤『駅夫さん、駅夫さん、一寸《ちよつと》まつて下さい。』
白『車掌さん、車掌さん。』
斑『駅長さん、駅長さん。』
三疋が大声でよびたてたものですから（後略）

と脚本のように書かれていた箇所は、

駅夫さんが左の手を伸して、右の手で持つた笛を鳴らさうとしまして、
『ぴい。』
と吹きかけますと、三疋の金魚は大変周章《あわ》てまして、
『車掌さん、車掌さん、一寸《ちよいと》待つて下さい。』
『待つて下さい、駅夫さん、駅夫さん。』
『駅長さん、駅長さん。』

金魚が乗った当時の甲武鉄道の電車（「三疋の犬の日記」挿絵）

と改められた。発車の際の駅夫の身振りや、水がないと三匹のあわてる様子が説明されて、ふくらみのある文章になっている。読み聞かされた時にもわかりやすい。

誤解されそうな表現を手直しした箇所もある。金魚が駅に着いて「切符をください」という場面である。

駅夫がわらひまして、

『あなたは金魚ぢやありませんか、金魚には切符はいりません、手がないから。』

と云ひました。金魚はよろこんで石のだんだんを上つて行きますと、新宿の方から電車がまゐりました。

これでは、切符がいらない、つまり無賃で乗れることに金魚が喜んだように読める。そのため『少年少女』では「切符は上げられません」と言われた後に、金魚たちが心配する様子を入れ、「僕等は乗れないのですか。」と重ねて聞く金魚に駅夫が乗ってもよいと言う。そこで三匹は「嬉しさうな顔」をするのだが、こうすると無賃であることを喜んだのではなく、乗れることに「嬉しさうな顔」をしたことになる。子どもの読み物だけに大事な手直しと言える。また切符を買おうとして「お手がないから」と断られることが伏線となって、菊雄の母親にもらったご褒美の焼麩や素麵は「小包郵便で送つて上げませう。」と書かれている。

トンネルの場面では、冗漫な部分の削除、わかりやすくするための場面の入れ替えを行っている。トンネルを知らない他の二匹が夜だと思って寝てしまい、しっかり者の「赤」が恥ずかしがって二匹にトンネルについて説明をするというユーモラスな展開は同じだが、初出ではこの場面がかなり長くなっていた。改稿によって削られたところを見てみよう。

トンネルは「山の下を道にしてゆくところだ」と赤が説明すると、斑が「それぢや四谷の山だね」と言う。そこでさらに赤が「山ぢやなくて、学習院と云ふ大きな学校」の下をトンネルにしてあるのだと説明する。それを受けて、市ヶ谷見付で少し車内が暗くなった時に、また小さいトンネルに入ったと思う白に向かって、「あれは幼稚園の下だらう」と斑が言うのである。さっきの大きなトンネルが「学校の下」なら、今度の小さなトンネルは「幼稚園の下」だという一種のおちである。晶子は、このおちが子どもにわかりにくいと考えたために削ったものと思われる。

また初出では、用をすませた復路にお茶の水のステーションで金魚たちが見た「ぼうふらとり」のおじさんをめぐる会話が挿入されたためストーリーの展開がスムーズにいかなかったが、往路の駅で見た光景と改稿されることで、できごとがすべて往路にまとめられ、わかりやすくなった。この場面には「(ぼうふらは金魚の餌だから、次にここへ遠足に来る)その時はお弁当はいらないねえ」という子どもらしい発想のせりふがあってほほえましい。

他に細かなところでは、金魚たちのために駅員が用意してくれた金盥に入る場面で「三疋は大よろこびで、すぐとびこみました」とあったところに、「ちやぶん、ちやぶん、ちやぶん」と音が、しかも三匹だからちゃんと三回書き込まれるというような改稿も見られる。

「お使」の目的に加えられた改稿にも触れておこう。「お使」というからには目的があるはずだが、初出では「駿河台の有さんに遊びに来てほしい」という、いかにも子どもらしい目的が書かれ、これに対応して「駿河台の有さん」の家に着いた「赤」は、

千駄ヶ谷の光さんのうちへ明日お遊びにお来し下さい、いろ〳〵おもちやが西洋からきましたから。

と口上を述べて立派にお使を果たすのだ。西洋からのいろいろな玩具が届いたから、というのは子ども読者を意

識した理由であろう。それに比べて『少年少女』では、「女中の梅やが御病気」で金魚が代わりに行くと述べられるがその目的ははっきりしない。従って「駿河台の菊雄さん」の家に着いても、「（赤が）太郎さんから聞いて来た御用を云ひますと」と具体性を欠くものになってしまった。

しかし目的があいまいになった分、金魚が初めてお使いに行くこと、それ自体に焦点が合わせられることになる。「初めてのお使い」というようなテレビ番組に私たちが深く共感するのも、どきどきしながら初めてお使いに行く子どもの姿に、未知に向かって行く人間の象徴的な姿を重ねて心を揺さぶられるからではないか。

初めての一人旅というものは、まだ幼い心と身体にどれほどの緊張と期待と夢を背負わせるものであることか。たとえその旅が、間違って配達された手紙を四つ角の鈴木さんの郵便受けまで届けるための往復であれ、夕暮れの文房具屋への折り紙や画用紙の買い物であれ、子供にとってそれが世界に向けてのたった一人の最初の旅であることに変わりはない。

黒井千次「子供のいる駅」

目的はどうあれ「最初の旅」そのものを経験することに重心を置いた改稿となった。

「金魚のお使」の主題を探る上でも改稿箇所は重要になる。初出では、「光」「茂」という晶子の二人の息子の名まえがそのまま使われ、子どもへの語り聞かせから生まれた痕跡が明らかだったが、『少年少女』では「太郎」「二郎」「千代」に変えられている。普遍化を図るためだと言えないのは、『少年少女』中に「光」「茂」が登場するものが二編（「金ちゃん蛍」「文ちゃんの朝鮮行」）、「光」だけが登場するものが一編（「鬼の子供」）あるためで、むしろ三人の関係を改めたことが重要だろうと思われる。初出では〈光と茂＋太郎〉つまり〈兄弟＋友だち〉であったものが〈兄＋弟＋妹〉とされたことだ。理屈を言えば金魚どうしは兄弟ではないが、それぞれの飼い主の関係が投影されているため、「赤」「白」「斑」三匹の金魚も〈兄＋弟＋妹〉の関係へ変わったと見てよいだろう。改稿によって、子どもが最初に遭遇する「集団」である兄妹三人が、リーダーの兄の下で力を合わせて経験する初めてのお使いの物語になったことに注目したい。

金魚は子どもたちの身近にいる弱い生き物である。その生き物が、水がないこと、切符が買えないこと、トンネルなど目の前に現われてくる障害物を兄のリーダーシップの下で協力して乗り越え、少し成長すること——「金魚のお使」の主題はここにある。周りにはそれを見守る駅員はじめ周囲のおとなのあたたかい目がある。結びの場面で「小さいばけつを一つづつ持つて」お迎えに来ている太郎たちはまるで両親のようだ。金魚に自分を重ねながら読み進んだ子どもたちは、少し成長した心とからだを安心してそのばけつの中に帰す。「ちやぶん、ちやぶん、ちやぶん」という音が聞こえてくるような結びである。

このように「金魚のお使」は、〈金魚が電車に乗ってお使いに行く〉という着想の新しさ、上品なユーモアと丁寧な言葉遣いによる表現、いくつかの出来事で変化をつけながら「行って帰る」型の中で展開していく構成など、どの点を取っても晶子童話の中で完成度の高い作品である。また、晶子童話に欠かせない登場人物「文ちゃん」の萌芽が、おとぼけ者の「白」や「斑」に見られ、「赤」と対になって、〈しっかり者の太郎さん〉と〈おとぼけ文ちゃん〉コンビの原型をすでに具えていることにも留意したい。現在も読むに堪える、晶子童話の代表作と言えるだろう。

■小波「金魚銀魚」と晶子「金魚のお使」

巌谷小波が明治期の児童文学を代表する作家であることはすでに述べた。ここでは小波の「金魚銀魚」（「少年世界」二巻一一号　明29・6「幼年部」に掲載）と晶子の「金魚のお使」を比べて、〈小波おとぎばなし〉からの距離を考えてみたい。

この二編はどちらも短編で、対象とする読者の年齢は小学校低学年、金魚の兄妹を主人公とする冒険の旅であることなどの共通点を持つが、兄妹の関係と冒険の旅の内容はずいぶん違っている。

「金魚銀魚」では、浜辺に打ち上げられて泣いている海月《くらげ》が漁師を相手にする身の上話が、「（漁師）………」「（海月）………」という台詞とト書きの形で展開するため、言動のおもしろさが主になっている。（改稿前の「金魚のお使」はこれに似ている。）くらげの由来譚としては当時赤本などで流布していた「猿のいきぎも」が思い浮かぶが、これはいわば〈小波版くらげの由来譚〉である。ストーリーの破天荒なことも赤本的で、池に飼われていた「金魚」「銀魚」の兄妹が鮒や鯉にいじめられた「意趣返し」に海へ出て鯛になろうと企てる。兄の「金魚」は首尾よく「龍宮の総理鯛臣に成りすまし」、妹の「銀魚」は兄とはぐれて波にもまれ、岩へ突き当たるうちに「鱗は剥げる、骨は折れる、揚句の果」に海月になったというのである。「狭つくるしいお池を廃《よ》して」「もつと広い海の中へ」泳いでいって「気楽に浮世を暮ら」したならば鮒や鯉に馬鹿にされず、「此方が其中《うち》に、段々大きく成てしまへば、平常いぢめられた意趣返しに、彼奴等を捕つかまへて、思ふさま威張りちらしてやらう」という「金魚」の言葉に、日清戦争や三国干渉（明27〜28）の影響を見ることができる。話を聞いた漁師が海月を海に返してやると「丁度波がドーつと上げて来て、『ヘイお迎ひ』と云ひながら、そのまゝ海月を連れていつてしまひましたとさ。（おしまい）」という「めでたし、めでたし」の結末部分に至るまで典型的なお伽噺の構造になっている。

どちらも兄にリーダー性があるとはいえ、「金魚銀魚」の兄は妹を一方的に引っ張って行く。「金魚」は後込みする「銀魚」を「意気地の無い事を云ふからいけない」と叱り、「精神一到すれば、何事か成らざらん」と御幣を持って雨乞いを始める。「金魚」が家父長的な〈叱咤激励型〉であるのに対して、「金魚のお使」の「赤」は〈説明教導型〉である。例えば電車に乗る前、「白」（あるいは「斑」）が「電車は恐いものだつてね、じつとつかまつてなくちやあ轢かれるのかしら。」と的外れな幼い質問をするが、「赤」は「さうぢやないだらう、乗る時が危いのだよ、それから降る時なんかね。」と説明して二匹を連れていく。「精神上の教育は子供が殖えるに従ひ長男に致した程周到な注意は施されないのですが、長男の感化を受けて何れも素直に育つて参りますのは意外な経験を致しました。」（「私の宅の子供」）と晶子が折に触れて書いているように、しっかり者で〈説明教導型〉の「赤」には晶子の長男の投影がある。このような兄妹の関係が「金魚のお使」に新しさを与えていると言えるだろう。

次に冒険の旅の内容について比べてみよう。「金魚銀魚」は池の金魚が「意趣返し」のために冒険をして竜宮の「総理鯛臣」になる、池から海への立身出世双六のような一方通行だが、「金魚のお使」は日常的なお手伝いの一つで、金魚たちはまた家へと帰ってくる。淡水の金魚が海へ行って鯛になるというのも、水の中にすむ金魚が電車に乗ってお使いに行くというのも有り得ない展開は同じなのだが、「金魚のお使」では、身近な設定に実際の駅名などを使うリアルさと、有り得ない展開があいまって、ノンセンスなユーモアを醸し出しているところが新しい。「金魚銀魚」に使われた「総理鯛臣」、「山薯が鰻になり、法螺の貝が天上した例もあるもの」といった洒落や地口は「金魚のお使」では使われず、調子のよい戯作調は全く見られない。笑いの質が違うと言えるだろう。

『少年少女』の中には「金ちゃん蛍」のように、光をもらうために神様のところまで飛んでいくという冒険の旅もある。この作品は「蛍が光るようになった由来譚」の形をとっているので、その点でも「金魚銀魚」に似ているが、みんなのために天上から光をもらってきた喜びが主題で、立身出世のためにする「金魚」の旅とは違っている。このように「金魚のお使」には、登場人物の関係、笑いの質、文章などに〈小波おとぎばなし〉とは異なる近代性を見ることができるのである。

■手のある金魚――挿絵の問題

挿絵の古めかしさは『少年少女』全体に言えることで、児童読み物だけにその影響は本全体の評価にも及ぶが、「金魚のお使」においては挿絵が決定的にマイナス効果になっているため、ここで言及しておくことにする。

図Aは初出誌「少女世界」の挿絵、Bは『少年少女』の挿絵で、どちらも改札口の金魚を描いたもの。Cは小波の「金魚銀魚」の挿絵で、サインはないが『こがね丸』以来の専属画家とも呼べる武内桂舟の手になるものではないかと思われる。Aには「竹舟」のサインがあり、名前から推して桂舟の弟子にあたるかとも思われる。とにかく三点とも博文館系の挿絵画家によるため非常に似たものになっている。

図A、Bですぐに気付くことは、文中に「手がない」と書かれ、それが伏線になっているのにも関わらず金魚にはっきりと手が描かれていることである。切符売場での三匹の金魚が描かれているのだから、挿絵画家が本文を読んでいないはずはないのだが、赤本の挿絵と地続きであった当時の事情を考えに入れる必要がある。挿絵における擬人化の仕方は、例えば赤本「猿のいきぎも」の中では、竜宮と地上に居るときの亀は亀甲模様の着物を

図Ａ　「少女世界」掲載時の
「金魚のお使」挿絵

図Ｂ　『少年少女』収録時の
「金魚のお使」挿絵

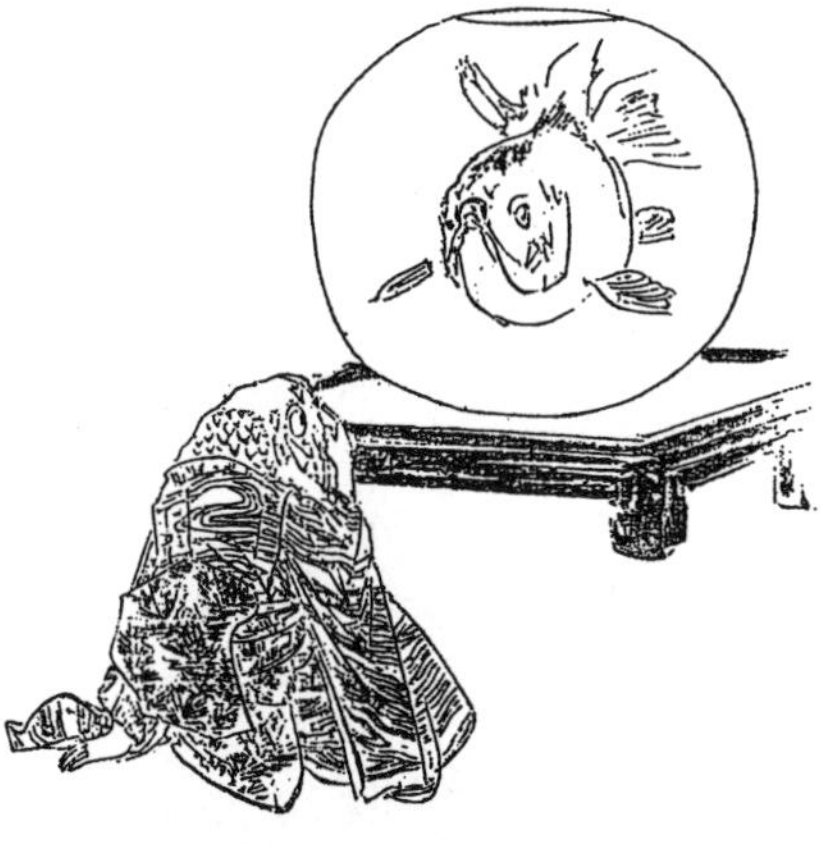

図Ｃ　「少年世界」掲載の巌谷小波
「金魚銀魚」挿絵

きて擬人化され、海中を泳ぐ亀はごく普通の甲羅のある亀の姿で描かれるというふうであった。挿絵画家を含めて当時の読者は、お使いに行く金魚を図A、Bのように擬人化してイメージし、電車の中で金盥の中の水に入る場面では、普通の金魚の姿としてイメージすることに抵抗がなかったのではないかと想像される。そう考えれば、金魚に手が描かれることには目をつぶって、当時流行の洋傘（日傘のつもりか）を手に持たせた工夫を認めるべきなのかもしれない。

現在私たちが描くお使いに行く金魚のイメージはどのようなものだろう。頭のてっぺんに口があり、その下に目がつき、胸びれを両手の替りに、尾びれをスカートのようにしてお使いに行く。高部晴市が絵本『きんぎょのおつかい』(2)の中で描いた〈お使いに行く金魚〉である。もちろんここまで当時の挿絵に期待することは無いものねだりと言わなければならない。しかし前述のように、「少女の友」を初出とする作品の挿絵と、『少年少女』の挿絵を比べると、そこには歴然とした差があるのである。

一例として「金ちゃん蛍」を挙げておく。初出の「少女の友」には、草蔭にいる蛍と、蛍かごを前にした少年という竹久夢二による二点の挿絵が添えられている。これに対し、『少年少女』では旧態依然の蛍の擬人化（蛍を帽子のように頭の上に載せたもの）になっている。「少女の友」掲載の晶子作品には、夢二をはじめ川端龍子、明石赤子などの挿絵が付けられて作品に清新な感じを与えていたのである。『少年少女』が実業之日本社から刊行されていたならば、あるいはこうした画家の挿絵が付いた可能性は高く、児童文学における『少年少女』自体の評価に影響したのではないかと惜しまれる。

「女の大将」　戦いを止める泣き声

「女の大将」の初出は「少女の友」二巻五号（明42・4）、八ページから一二ページ。挿絵にはサインがないが川端龍子ではないかと思われる。『少年少女』では二編目に収められた。

この作品も「金魚のお使」と同じ〈行って帰る〉型の構成になっている。主人公は一〇歳の静子。大声で泣く少女が「静子」と名付けられているのがまず可笑しい。静子の家族は軍人の兄と伯母。父母と同居していないこと、家族の職業が軍人であることは、どちらも晶子童話では珍しい設定である。

さて「女の大将」という題名だが、これは静子の泣き方がものすごいため、戦争が始まった時「ひひい、いん、いん、いん、いん。」と泣けば「大抵の敵はああ厭だ、厭だといつて逃げてしまふだらうから。」と兄がつけたあだ名なのである。静子のうちの下女が隣家のお内儀《かみ》さん相手に話したあだ名の由来が、あっという間に近所に伝わる辺りから展開は急になり、揚句の果てに噂は外国へまで伝わって、とうとう「ある西洋の国から」静子を迎えにやって来る。「戦に出て、敵を一人も殺さずに勝つ方法を知つて居る」という「女の大将」に、ぜひその戦の仕方を教えてほしいというのである。あれよあれよと外国にまで伝播していくスピード感が笑いを誘う。伯母の許可を得て静子は西洋へ行き、観兵式に臨む。「下髪《おさげ》にリボン」をつけたひとりの少女と、「青山練兵場のやうな場所」にたくさんいる兵隊の取り合わせが緊張感を生むが、恐ろしさから泣き始めた「少女の泣き声」が兵隊たちを駆逐するという場面になると誇張された意外性が笑いを生む。静子は、「戦の仕方」を教わったお礼にと王様から「大きな箱を一つ」もらって帰国する。昔話の「つづら」のような箱の中はでんでん太鼓やおしゃぶりで一杯だった。伯母からは「貴女があんまり泣くものですから、西洋の王様までが赤ん坊だとお思ひになつたのです。十にもなってはづかしいぢやありませんか。」と言われて、静子は泣かなくなったという話である。

表現の点から見れば、「えらい人になつたやうな気になりました」「大よろこびで中将に連れられて」「何だか恐くて恐くてしやうがなかつたのですが」「心細いものですから」「大喜びで」というのが静子の気持ちを描いたすべてであり、末尾だけを眺めれば、なるほど上笙一郎の言うように「無闇に泣いては人に笑われるという寓意を秘めた教訓話」に過ぎないのだが、「女の大将」の場合、作品の魅力も価値もその独自な着想に収斂するのである。つまり〈少女の泣き声〉という弱いものが、〈戦争〉という最も暴力的なものを止めるという着想に尽きている。この魅力を探るために、二つの作品を鏡として取り上げる。

一つは「赤い鳥」（一巻二号　大7・8）に掲載された、有島生馬の「泣いて褒められた話」。〈少女の泣き声が事態を動かす〉という共通点を持つ。「七つでまだ幼稚園に通つている秀子」が主人公。彼女はひとりっ子で父母の愛情を一身に集めている。叔母にもらった小猫をミミイと名付けて可愛がり、両親と行く避暑先へも連れていくことにする。やがて海岸の駅に着いたとき、貨車に預けてあったミミイが逃げ出し、汽車の下にもぐり込んでしまう。駅員が捕まえようとするが捕まらず、とうとう発車の笛が鳴らされる。秀子が「真赤な顔をして泣きながら、『嫌よ、嫌よ、汽車が出ては嫌よ。ミミイが可愛相よ。』と出来るだけ大きな声で叫んでゐ」るのを見て、父は「大きな杖を振り上げながら、駅長のそばに」行き「呶鳴り」つける。「自分の悪かつた事に気が付いた」駅長は発車を止め、ミミイは助かる。「お前が一生懸命泣いたので、ミミイがやつと助かつたのだよ」という父の言葉から題が付けられている。

秀子の小猫に対する愛情が前半部分に丁寧に描かれているので、後半の騒動が作り事めくことなく展開している。父親の職業は書かれていないが、家族間の言葉遣いや「海岸のお家」へ避暑にでかけること、駅長を怒鳴りつける態度などから、ある程度の社会的な地位を持っていることが推察されるため、果たして父親がそういう社会的地位にいなくても駅長は「自分の悪かつた事に気が付いた」のかどうかという疑問が残る。つまり秀子の泣き声が直接汽車を止めるのではなく、秀子を「憐れ」に思う父親が介在することによって、作品が訴える力は弱くなってしまう。

「泣いて褒められた話」と比べてみると明らかなように、「女の大将」の魅力は、少女の泣き声という〈弱いもの〉と戦争という〈強いもの〉が直接対決して〈弱いもの〉が勝つという意外性にある。少女の泣き声が「敵を一人も殺さずに勝つ方法」になるという着想の中にある平和への希求が「女の大将」の主題なのである。

では次に、主題の点で共通性を持つギリシアの戯曲『女の平和』(3)を見てみよう。

『女の平和』の舞台は古代ギリシア。アテーナイとスパルタの長い戦いが続く中、「戦争は男の仕事だ、黙って機織でもしていろ。」と威張りながらまずい評議を重ねる男たちに業を煮やして、「アテーナイの若くて美しい夫人」リューシストラテーはギリシア全土の女たちに呼び掛け、金庫のあるアクロポリスを占領する。

あたしたちは戦争の二倍以上の被害者ですよ。第一に子供を生んで、これを兵士として戦争へ送り出した。第二に歓喜にみちた青春を享楽すべきそのときに、軍旅のために空閨を守っています。わたしどもは乙女らが閨のなかで未婚のまま老いてゆくのがたまらない。

アクロポリスに立てこもった女たちは、男たちが平和を結び戦争をやめないかぎり「恋の女神の神聖な儀式」を行わないと宣言してセックス・ストライキを始め、見事に平和を取り戻すのである。この戯曲の上演はなんと紀元前四一一年、当時アテーナイとスパルタは三〇年近く続いたペロポネーソス戦争の最中であったという。

日露戦争の最中に、「旅順の城はほろぶとも／ほろびずとても何事か」「暖簾《のれん》のかげに伏して泣く／あえかに若き新妻を／君わするるや思へるや／十月《とつき》も添はでわかれたる／少女《をとめ》ごころを思ひみよ」と歌ったのは日本のリュ－シストラテー、与謝野晶子である。この詩「君死にたまふこと勿れ」への非難に対して晶子が書いた「ひらきぶみ」の中には、「さればとて少女《をとめ》と申す者誰も戦争ぎらひに候」という言葉が見える。「女の大将」（明42・4）とほぼ同時期に書かれた随想「産屋物語」（明42・3）では「女が同盟して子を産む事を拒絶したら何うでせう。」と問いかけている。晶子の随想には、このような極端な問いかけ、常識的には比べられないものを取り合わせて例に挙げることがあり、これが問題の所在をはっきりさせる役割を果たしていることが少なくない。

（産は）天下の婦人が遍《あまね》く負うて居る大役であつて、国家が大切だの、学問が何《ど》うの、戦争が何《ど》うのと申しましても、女が人間を生むと云ふこの大役に優るものは無からうと存じます。　「産屋物語」

ここでも「人間を生む」ということを、「国家」や「学問」や「戦争」と対峙することとして堂々と押し出しているのである。

やはり同時期に書かれた「離婚について」（明42・4）は「陸軍軍医正の藤井氏と東京音楽学校助教授の環女史」つまり後に「お蝶夫人」などの歌劇で有名になる三浦環との離婚が「陸軍と芸術との衝突」と「大袈裟に報道せられ」ることを材料にした随想だが、「夫唱婦和」主義で環を批難する「男の教育家」を評して、「妻に逃げを打たれ」た藤井軍医正の場合は「陸軍が女に負けたとも申すべきでありませんか。」と揶揄している。冒頭に指摘したように、登場人物の家族の職業が軍人であることは晶子童話では珍しく、「陸軍の軍人」という静子の兄の設定には、「陸軍が女に負けた」と感じた晶子の印象が影響したのかもしれない。

重要なことは、極端な問いかけや、非常識にも思える取り合わせが問題の所在をはっきりさせる役割を果たすという晶子の随想の特徴が童話にも通じることである。少女の泣き声という〈弱いもの〉と戦争という〈強いもの〉が直接対決して〈弱いもの〉が勝つという童話「女の大将」は、単に「無闇に泣いては人に笑われるという寓意を秘めた教訓話」ではない。今この瞬間もおとなの戦争で犠牲になっている子どもたちのことを考えると、すぐれて現代的な批判のこめられた作品ではないかと思われる。

「ニコライと文ちゃん」　大聖堂との交歓

■文ちゃん、ニコライ堂に呼びかける

「ニコライと文ちゃん」の初出は「少女の友」三巻五号（明43・3）、八ページから一二ページ。挿絵にはサインがないが竹久夢二か宮崎（渡辺）与平ではないかと思われ、ニコライ堂の上部が描かれている。ニコライ堂は神田区駿河台にあり、独特な丸屋根と鐘の音がエキゾチックなロシア正教の教会であるが、「ニコライと文ちゃん」の場合、この丸屋根を知らないと話の展開がわかりにくいため、挿絵は特に重要なのである。

「お国に居た時、人から、東京にはニコライと云ふ大きいものが」あり、「頭の先だけなら、新橋からでも」見えると聞かされた文ちゃんは「ニコライ」を人間だと思い込んでいる。「頭の先だけぢやつまらない。顔が」見たいと思いながら東京にやって来た文ちゃんはニコライ堂の屋根を見て大喜びし、「黒い冑《かぶと》を被つて」座って居るようだが、立ち上がったら「天に穴が明くかも知れない」と思う。そののち教会の門に「ニコライ」という標札を見つけて、生きている人間だという文ちゃんの思い込みは強まるが、今度は本堂と鐘撞堂のどちらがニコライなのかという疑問が生まれる。「二十度ほども」通い詰めてとうとう直接たずねようと大声で「其処にお出《い》で

になるお方、何方《どちら》がニコライさんですか。」と呼び掛ける。声が小さいから返事がないのだと思った文ちゃんは「大きい声を出すけいこ」をして、「もう大丈夫だ。ニコライさんとお話が出来る。」とまた駿河台へ出かけて呼び掛ける。すると文ちゃんの名を連呼するように「があん、がんがらがん、があん。」と鐘が鳴り始め、返事をした「痩せぼっちの」鐘撞堂の方がニコライだろうと納得するというのが荒筋である。

建物を人間だと思い込む発端部、くり返しニコライ堂へ通い詰める発展部、応えるかのように鐘がなる頂点という構成で、結局最後まで文ちゃんの思い込みが解けないことが作品のおもしろさになっているが、認識力の低い子どもの滑稽を笑ったものではないし、無邪気な子どもをスケッチしたものでもない。「ニコライさん、ニコライさん。」と呼びかけ続ける文ちゃんにあるのは一途な人間の滑稽さである。つまり作品の主題は人間の「滑稽な一途さ」であり、子どもの中に人間の原型を見る晶子の目が生きているのである。

『今昔物語』の巻第一九にある出家機縁譚の第一四に「讃岐の国多度《たどの》の郡の五位、法を聞きて即ち出家せる語《こと》」という話がある。「心極めて猛くして、殺生を以て業とす」る源大夫《げんだいふ》という荒くれ者が、狩りの帰りに講を行っている所に出くわす。このおれがもっともだと思えるだけのことを言って聞かせよと脅されて、講師は「これより西に多くの世界を過ぎて仏在《ま》します。阿弥陀仏と申す。その仏、心広くして、年ごろ罪を造り積みたる人なりとも、思ひ返して一度阿弥陀仏と申しつれば、必ずその人を迎へて、（略）遂には仏となむなる。」と答える。源大夫は、その仏は自分のような者も憎まないのかと問い、重ねて「われその仏の名を呼びたてまつらむに、答へたまひてむや」と問いかける。仏の弟子になって「実《まこと》の心を至して呼びたてまつらば、などか答へたまはざらむ」と聞いた源大夫は、その場で自ら髻《もとどり》を切り、あわてる講師や郎党をしり目に武具を捨て、金鼓《こんぐ》を叩き「阿弥陀仏よや、おいおい。」と呼びながら「答へたまはむ所まで」行くのだと西に向かって出発する。深い川も高い山もよけては通らず、ついに海の見える所へやって来る。ある住持が尋ねて行くと、木の股に登って、金鼓を叩き仏を呼んでいた源大夫は阿弥陀仏が答えてくれたと言う。住持はいぶかしく思うが、「阿弥陀仏よや、おいおい。いづこにおはします」と源大夫が叫ぶと、海の中から「微妙《みみょう》の御音《こえ》」が「ここにあり」と答えたという。後は略すが、「逞しい一個の悪党が物語の世界をずかずかと押し通って一息に彼岸にまで達してしまうさま」（中野孝次）[4]がみごとに描かれた物語である。

「ニコライさん、ニコライさん。」と呼びかけ続ける文ちゃん、「阿弥陀仏よや、おいおい。」と呼びかけ続けた源大夫、この二人の一途さが醸し出す可笑しさ。文ちゃんは〈人間の原型〉が闊歩する中世の世界からやって来たのである。

晶子の一家は明治四二年一月末から翌年の八月まで、ニコライ堂にほど近い駿河台東紅梅町に住まいしていた。冑のように見えるあの屋根の丸みも、日本の鐘とは異なる音楽的な鐘の音も晶子たちには親しいものであり、そのことが、作品をより血の通ったものにしたと言えよう。

九段坂の上から駿河台のニコライ堂を見渡した光景は、モンマルトルのサクレエ・クウル寺の生々しい建物が俗悪なエツフエル塔と相対して巴里の美を破壊して居るのと反対に、今は東京の調和の上に見逃すことの出来ない好い節奏を揚げて居ります。人の目がニコライ堂に注がれる時、人の心は其堂に吸ひ寄せられて、日本橋通に沢山ある洋風まがひの粗悪な建築の記憶なんかを忘れてしまひます。ニコライ堂と日本銀行と、三越との石造りが夕焼に由つて、同時に三ヶ所で三つの桃色の光を仏蘭西のカセドラルの光のやうに放つことがあります。それを見るのも九段坂上の特色です。

晶子は後年、随想「東京の風景」にニコライ堂に寄せる思いをこう記したのであった。

■文ちゃんの登場

文ちゃんは『少年少女』中の六編で活躍するキャラクターである。作品中の役割などは次の通りである。（作品の成立順）

作品名	初出	呼び名	主人公	主人公との関係
「金ちゃん蛍」	明41・6	文ちゃん蛍	金ちゃん蛍	仲間の蛍
「虫の音楽会」	明41・10	文ちゃん	鈴子、花子、太郎	太郎の友だち
「美代子と文ちゃんの歌」	明41・11	文次郎	美代子と文ちゃん	美代子の弟
「山あそび」	明42・2	文ちゃん	春子、太郎、花子、幾雄	近所の友だち
「ニコライと文ちゃん」	明43・3	文ちゃん	文ちゃん	—
「文ちゃんの朝鮮行」	初出不明	文ちゃん	太郎	太郎の友だち

あるキャラクターが生まれるためには、固定した読者との連続した期間にわたる関係が不可欠である。五年間にわたる「少女の友」への連続寄稿があって「文ちゃん」は生まれた。最初の寄稿作「女中代理鬼の子」（明41・4）においても、太郎さんの言うがままに変身を繰り返し、そのたびに無邪気な失敗をする鬼の子は、早くも文ちゃん的性格を備えているが、初御目見えは「金ちゃん蛍」（明41・6）である。『少年少女』冒頭に置かれた作品で、蛍が光るようになった由来譚の形を取っていることは先に述べた。神様に火をともす棒をもらった金ちゃん蛍は地上に帰り、他の蛍にも光をつけてやる。「その綺麗なことと云へば、大きな花灯《はなび》がぱつと出てそして少

しも消えずに居るやうなものです。」と美しく描写される場面である。他の蛍が喜んでいるのに、文ちゃん蛍だけは自分の後ろに火がついていることに気付かないで「一人めそめそと泣いて居」るが、「川の水」に映してごらんと言われて自分の光を見た文ちゃんは、「ああ、綺麗、綺麗、綺麗だなあ。うれしいなあ。」と大喜びする。今泣いた烏がもう笑ったという調子である。〈おとぼけ者〉の文ちゃん蛍は、〈お利口者〉で勇気のある金ちゃん蛍とペアになることで、作品に対する読者の親近感を深める役割を果たしている。

「虫の音楽会」（明41・10）は日比谷公園の音楽堂を舞台に虫の懸賞音楽会が開かれるという趣向である。ちらっと登場した文ちゃん蛍と違って、人間の文ちゃんは太郎さんの友だちとして冒頭から登場する。六月号に蛍、一〇月号に秋の虫と季節感を盛り込んでいるばかりでなく、音楽会が開かれる場所も新しく、「新聞の広告に出ましたのは八月の末でした。」というなかなかに凝った設定である。初出のタイトル「懸賞音楽会」が示すように、それぞれの虫に与えられる賞品がおもしろい。草雲雀に「露の瓶詰」、馬追に「銀の鈴」、こおろぎには「玉でこしらへた小い琴」というふうな、いかにもそれらしい虫と賞品に混じって、油蟬に「お米のほしひ」、蛙に「なめくじの塩漬」、おそろしくやかましい轡《くつわ》虫には「飴」などが出場する。鈴子や花子、太郎が閉口するのにおかまいなく、文ちゃんは「いい声だねえ。」ととんちんかんに感心してみせる。笑いを増幅させる役目がはっきりしてきたことがわかる。

「虫の音楽会」と似た設定が「山あそび」（明42・2）である。東京に住む春子と太郎の姉弟が、父の実家のある河内へ遊びに行き、いとこの花子や幾雄といっしょにうさぎ狩りに行くという趣向である。ここでも文ちゃんは「近所のおどけものの男の子」として登場し、みんなが君が代を歌い出すと「生々薬館の製剤は」とコマーシャルソングを歌い出して皆をおどろかす。「文ちゃんは学校でも可なりよく出来る子なんですけれど、おどけものなんです。」と作者が顔を出して説明するところにも、文ちゃんへの思い入れが窺える。後半では文ちゃんが主役になり、猫や犬をうさぎと間違えて袋に入れては笑いを誘うのである。

「美代子と文ちやんの歌」（明41・11）では、鉄幹の分身のような父親が美代子と文ちゃんの姉弟を上野公園から日比谷公園にかけて吟行に連れていく。一四歳になる美代子はなかなか上手に歌を詠み、文ちゃんは、

上野山天長節に来て見れば人はうぢやうぢや銅像ぽかん。

というようなおどけた歌を作り、その対照が笑いを生んでいる。同じような趣向は竹久夢二の連載「露子と武坊」にも「歌の会」（「少女の友」明42・10）があって珍しいものではないが、初出誌と『少年少女』では歌の部分に改稿があり、歌人与謝野晶子のこだわりが見えるようでおもしろい。またこの作品では、文ちゃんに「文次

大層感心いたしました。晶子先生の『山あそび』は、おどけた文ちやんが面白うございました。水裏先生のさよ子の歌には、泣きました。これからどうぞ毎號出して下さい。（東京市神田區柳町一　高野光江）

▲與平先生と湘雨先生のふとぎ『カクレンボー』は、大へん面白うございました。それから、大岡裁判の妹のお喜代は、なんてゑらい少女でせう。私つく〴〵感心いたしました。どうか大岡裁判は續いて出して下さい。（大阪市西區阿波堀五　山村まつゑ）

▲露子と武坊はいつも變りなく面白うございます。お爺さんに叱られてゐる所が如何にも可哀さうでした。あんまりおいたをなさるからですわ。それから『山遊び』も面白うございました。又、光ちやんはさぞ〳〵うれしいことでせうね。（十勝國止若局區内咾別村正田二三惠）

▲武坊は相變らずですね。『度々御免なさい』がおかしいぢやありませんか。武ちやんたらお年を一つ取つて頭をかくことまで覺えたのでせうか。それから『新入生』の引子さんはお氣の毒ですね。房江さんもあんまりだと思ひます。（愛知縣名古屋市東區富士塚町三大隈須美子）

▲湘雨先生のお書きになつた『カクレンボー』のところで、武坊はちやんと帽子をとつて『お爺樣度々御免なさい』と頭をかきながらちよいとお辭儀をしたといふのが、面白く上手に出來てゐると思ひます。（東京市神田區柳町一　田谷よし子）

▲與謝野晶子先生の『山遊び』ほんとに笑ひましたわ。あんなに急いでゐると、猫や犬が兎に見えるのでせうね。（島根縣松江市北堀町　坂田とみよ）

▲きよーすゐ先生の『光ちやんの日記』は

「少女の友」読者投稿欄に寄せられた「山あそび」の感想
（「少女の友」二巻四号「前号所感」より抜粋）

郎」という名前がついている。

「文ちゃんの朝鮮行」（初出不明）にも虎の鉄幹を連想させる父親が登場して、主人公の光に「朝鮮の国の歌」を教える。

インチヨン、チェエムル、フン、
サルギイガ、チヨウアト、フン、
ワイノム、タイフネ、モツサルゲツタア、フン。

という歌で、もとはよい景色であった仁川《じんせん》や済物浦《さいぶつほ》という所を日本人が来て皆むちゃくちゃにしてしまったという歌詞だと説明されている。わざわざそんな歌を引用する意図を探りたいところだが、それを聞いた友だちの文ちゃんが例の如く「文ちゃん手もる、フン」などとでたらめに歌って笑わせるのが主意である。虎を捕りに行った話や雁を撃った話を父親から聞いた二人が、父親に連れられて朝鮮へ出かけていく展開は「女の大将」を連想させるが、こちらの方は犬のほえるのを虎と間違えて逃げたりする文ちゃんのおとぼけぶりが描かれて終わっている。この二作のように親しく子どもと過ごす父親が、当時の幼年向き作品に登場するのは珍しいが、これも実生活での父親としての鉄幹の投影であろう。

柳田国男は「笑の文学の起原」において、

弥次郎という名前すらも既に伝統があった。弥次郎は即ち最も有り触《あふ》れた軽輩《けいはい》の名として、夙《はや》くから笑話の主人公をもって目《もく》せられていた。（略）笑ってもらおうと思えば以前から、大抵この類の名を付けなければならなかったのである。それよりもなお一段と顕著なる約束は、二人連《づ》れということであった。即ち一方がしくじる時には他の一方は批評家となり、もしくは少し悪意のある観察者の地位に立つこと、これは古今東西を一貫した一種笑話の格調、フォルミュルというべきものである。(5)

と述べている。〈文ちゃん〉というネーミングは、晶子の〈文章〉の中から生まれた子どもという意味であろうけれど、「美代子と文ちゃんの歌」で父親から「文次郎」と呼ばれる文ちゃんは、「笑話の主人公をもって目せられていた」、「最も有り触れた軽輩の名」である「弥次郎」をどこかで継いでいるのかもしれない。

また、「虫の音楽会」や「山あそび」のように〈小さな集団の中のおどけもの〉であった文ちゃんは、この後「美代子と文ちゃんの歌」や「文ちゃんの朝鮮行」のように〈お利口もの〉に対する〈おどけもの〉として一対で配されるようになり、子どもの読者にとってわかりやすく、効果的な存在になってゆく。(「ニコライと文ちゃん」のように主人公として単独で登場するのは例外的な作品である。)「なお一段と顕著なる約束」である「二人連れ」という伝統は、〈お利口ものの太郎さん〉と〈おどけものの文ちゃん〉にも受け継がれたのである。

注

(1) 瀬田貞二『幼い子の文学』〈中公新書〉(中央公論社　一九八〇・一)

(2) 高部晴市　絵本『きんぎょのおつかい』(架空社　一九九四・四)

(3) アリストパーネス著、高津春繁訳『女の平和』〈岩波文庫〉(岩波書店　一九九四・一〇)

(4) 中野孝次『古典を読む　今昔物語集』〈同時代ライブラリー〉(岩波書店　一九九六・四)

(5) 柳田国男『不幸なる芸術・笑いの本願』〈岩波文庫〉(岩波書店　一九九四・九　第九刷)

金魚のお使

太郎さんは駿河台《するがだい》の菊雄さんの所へ、お使《つかひ》をやらなければならない御用があるのですが、女中《ぢよちゆう》の梅やが御病気なので、どうしたらいいだらうかと考へて居ました。さうすると弟の二郎さんが、

『兄さん、金魚をお使にやりませう。』

と云《い》ひました。太郎さんは喜びまして、

『さうしませう、赤をやりませう。』

と云ひますと、

『僕の白も一緒にやりませう。それから千代ちやんの斑《ぶち》も一緒にやつていいでせう。』

二郎さんのかう云つた言葉に千代ちやんも賛成したものですから、三疋《びき》の金魚はいよいよお使に行《ゆ》くことになりました。

『電車に乗つて行くのだつたね、赤さん。』

『さうだよ、危いから気を付けなくちやあ。』

『電車は恐いものだつてね、じつとつかまつてなくちやあ轢《ひ》かれるのかしら。』

『さうぢやないだらう、乗る時が危いのだよ、それから降る時なんかね。』

赤は一番大きいものですから外《ほか》の二疋にこんなことを云ひ云ひ甲武線の電車の新宿の停車場《すていしよん》へ来ました。

『切符を三枚下さい。』

出札口《しゆつさつぐち》で赤が大きい声で云ひますと、

『貴君《あなた》は金魚さんぢやありませんか、金魚さんに切符は上げられません、お手がないから。』

と駅夫《えきふ》は云ひました。

『赤さん、乗れないのかい。』

白は心配さうに云ひました。

『つまらないなあ。』

斑《ぶち》は独言《ひとりごと》を云つてます。

『駅夫さん、僕等《ら》は乗れないのですか。』

赤が聞いて見ますと、

『乗つても宜《よろ》しい。』

と駅夫さんは云ひました。三疋は嬉しさうな顔をしてぷらつとほおむへ出て行きました。さうすると丁度《ちやうど》そ

こへ大久保の方から来た電車があつたものですから、金魚達は乗りました。駅夫さんが左の手を伸して、右の手で持つた笛を鳴らさうとしまして、

『ぴい』

と吹きかけますと、三疋の金魚は大変周章《あわ》てまして、

『車掌さん、車掌さん、一寸《ちよいと》待つて下さい。』

『待つて下さい、駅夫さん、駅夫さん。』

『駅長さん、駅長さん。』

車掌さんも、駅夫さんも、駅長さんも何事が起つたのかと思つて金魚の傍《そば》へ走つて来ました。

『どうしたのです、どうしたのです。』

『怪我《けが》でもしたのですか、金魚さん。』

車掌さんと駅夫さんがかう云ひますと、

『水を入れて下さい、はやく水を入れて下さい。』

と金魚は声を揃《そろ》へて云ひました。

『水を何処《どこ》へ入れるのですか。』

『電車へ水を入れて下さい。』

『電車へですか。』

『さうです。早く願ひます。』

金魚がさう云ふのを聞いて、車掌さんは首を振りまして、

『電車へ水は入れられません。そんなことをするとお客様の下駄や靴が濡れますから。』

と云ひました。

『それでも水を入れて貰はないと僕達は死ぬぢやありませんか。』

赤がかう云ひますと、白と斑《ぶち》は、

『苦しいなあ。』

『ああ苦しい、水がなくちやあたまらない。』

こんなことを云つてました。車掌さんも駅夫さんもそれが気の毒なものですから、いろいろと考へて見ました。

『それではかうしやうぢやありませんか、駅長さんの所にある金盥《かなだらひ》を拝借して、あれに水を入れて来て上げます。』

駅夫さんはかう云つて彼方《あちら》へ行きましたが、暫《しばら》くしますと大きな金盥に水を沢山《たくさん》入れて持つて来ました。

『金魚さん、さあ此処へ入つて入《いら》つしやい。』

『ありがたう、駅夫さん。』

『ありがたう。』

『どうもありがたう。』

ちやぶん、ちやぶん、ちやぶんと三疋は金盥の中へ飛び込みました。駅夫さんは、

『ぴり、ぴりぴりぴり、ぴりつ。』

と笛を吹きました。電車は新宿を出て、それから代々木だの千駄《せんだ》ヶ谷《や》だの信濃町《しなのまち》だのを通りまして、四谷《よつや》のもとの学習院の下のとんねるへ入りました。急に電気燈《とう》がつきましてそこらが暗くなつたものですから、白と斑《ぶち》は夜分《やぶん》になつたのだと思ひまして、

『ぐう、ぐう、ぐうぐう。』

と鼾《いびき》をかいて寝てしまひました。とんねるを出てもまだなかなか目を覚しさうでないものですから、赤は外《ほか》の人に恥《はづか》しいと思ひまして、

『白君、白君、おい斑《ぶち》さん、もうお起きよ。』

と云ひました。白と斑《ぶち》は一度に目を覚しまして、

『おや、もう夜が明けたのかい。』

『坊ちやんお早う。』

寝呆けてこんなことを云つてます。

『君、此処《ここ》はお家《うち》の池ぢやないよ、電車なんだよ、先刻《さつき》暗くなつたのは夜分《やぶん》になつたのぢやなくて、あれはね、とんねると云つて土の中に電車の道が出来て居る所なんだよ。』

と赤が教へてやつたものですから、

『さうかねえ。』

『そんなことちつとも知らなかつた。』

と云つて二疋はうなづいてました。それからだんだんと、市《いち》ヶ谷《や》だの牛込《うしごめ》だの飯田町《いいだまち》だの水道橋《ばし》などを通つて電車はお茶の水の停車場《すていしよん》へつきました。

『赤さん、彼処《あすこ》で人が身体《からだ》を半分水へつけて何かをとつて居るが、あれは何なのだらう。』

白がかう云ひますと、

『あれはね、僕達の御馳走《ごちさう》のぼうふらをとつて居るのですよ、金魚屋のお爺さんがよくくれたね、あれだよ。此《こ》の辺でとるのと見えるね。』

と赤は云ひました。

『景色の好《い》い処だねえ。』

斑《ぶち》はかう云ひました。

『またいつか坊ちゃんにお願ひして此処《ここ》らへんへ遠足によこして貰はうぢやないか。』

白が云ひますと、

『その時はお弁当はいらないねえ、ぼうふらが居るから。』

と赤が云ひました。三疋はぷらつとほおむでこんな話をしてましたが、今車掌さんに持つて降して貰つた金盥を、お茶の水の駅夫さんにあづけて、駿河台の鈴木町《ちやう》の菊雄さんのお家《うち》へお使ひに行《ゆ》きました。

赤が太郎さんから聞いて来た御用を云ひますと、

『それは御苦労さま、母様《かあさま》えらい金魚さんですね、三疋で電車に乗つてお使ひに来たのですよ。』

菊雄さんは母様《かあさん》にかう云ひました。

『それはえらいのね、御褒美《ごはうび》を上げませう。』

母様《かあさま》は三疋の金魚に焼麩《やきふ》だの索麺《さうめん》だのを紙へ包んで下さいました。けれど、金魚は手が無いものですからおあづけして帰らうとしました。

『それではあとから小包郵便で送つて上げませう。』

『ありがたう、さよなら。』

白と斑はだまつてお辞儀だけをして居ました。三疋はまたお茶の水の停車場《すていしよん》へ来て、其処《そこ》から金盥に入つてまた電車へ載《の》せて貰ひました。今度は誰もとんねるで眠つたりせずに新宿へ着きました。さうすると太郎さんと二郎さんと千代ちゃんは停車場《すていしよん》へ小さいばけつを一つづつ持つて金魚をお迎ひに来て居ました。

女の大将

静子《しづこ》さんの兄さんは、静子さんのことを女の大将と仰《おつ》しやいます。何故《なぜ》静子さんは女の大将なのでせう。それはかういふ理由《わけ》です。十歳《とを》になる静子さんは、外《ほか》のことは賢い子なのですが、泣き初めると実によく泣く子なのです。その又泣声が、

『ひひい、いん、いん、いん。』

とひびくやうな泣声で、伯母様や、兄様や、姉様でさへ、

『ああ、厭だこと、厭だこと。』

とお思ひになるほどの声です。

『お嬢様のお泣声を聞きますと、私は病気になりさうですから、お暇をいただきたうございます。』

といふ下女もあるほどです。

この静子さんの兄様は、松本大佐といふ陸軍の方なんです。

『この次に何処かの国と戦争《いくさ》が初まつたら、静子が戦争に出て、ひひい、いん、いん、いんと泣くと好《い》い。さうすると大抵《たいてい》の敵はああ厭だ、厭だといつて逃げてしまうだらうから。』

『羞《はづか》しいこと、いんいんの大将だね。』

と伯母さんが仰《おつ》しやいました。

『さうです、女の大将です、いんいん女の大将といふのです。』

『女の大将といふだけで好《い》いわ。』

と静子さんはいひました。平常《ふだん》はこんな元気の好《い》い子なんですが、一寸《ちよいと》したことから、

『ひひい、いん、いん、いん。』

が初まるのです。近所の人もこれが初まりますと、

『松本さんの内で、いんいんが初まつたから戸を閉めませう。』

といつて、眉をひそめるのです。静子さんの内の下女が、ある時隣へまゐりまして、

『お内儀《かみ》さん、内のお嬢様は大将様におなりになるのださうです。』

といひました。

『へへえ、女の大将ですか。』

『さうださうですよ、この次の戦争にはお出《で》になるのださうですよ。』

『兄様が軍人だと、女でも大将になれるものかね。』

『なんでも内のお嬢様がお出になると、きつと敵は逃げるつて旦那様が仰しやいました。』

『どういふ軍人なんですかね。』

『いんいんの大将とかいふことですよ。』

隣の人は手をはたとうちまして、

『はあ、分りました、分りました。』

『お内儀《かみ》さんは戦《いくさ》のことが分るのですか、いんいんの大将つてどんなお役ですか。』

『それはきつとかうです、戦争《いくさ》の時にあのお嬢様を出して、ひひい、いん、いんと泣かせるのですよ、さうすると敵はみな逃げてしまうだらうつて云ふんですよ。』

『さうに違ひありません、お内儀《かみ》さん。』

と下女はうなづきました。その噂がそれからそれへ伝はつて、

『松本さんのお嬢様は、女の大将ださうです。』

『知つてますよ、いんいんの大将だつてね。』

『いんいん女の大将つていふんだつて。』

と、もう誰《たれ》知らぬものはない位になりました。外国へまでも此の噂がきこえたと見えまして、ある西洋の国から、その国の中将で日本へ来て居る人の処へ、

『日本に、いんいん女の大将といふ人があるさうだから、その人のことを調べてくれ。』

といつて来ました。中将がある人に聞きますと、いかにも松本大佐の家《うち》には、いんいん女の大将といふ人が居る。その人は戦《いくさ》に出て、敵を一人も殺さずに勝つ法を知つて居ると、話して聞かせました。その中将は感心して、その事を本国の方へいつてやりました。本国の方からは、そのえらい大将に自分の国へ来て貰《もら》へないだらうか、そしてその戦《いくさ》の仕方を自分の国の兵に教へて貰ひたい、是非来て頂きたいといつて来ました。中将は早速静子さんの家《うち》へ行《ゆ》きました。

『大将閣下はゐられますか。』

『旦那様はお留守ですが、旦那様は大佐でいらつしやいます。』

『さうぢやない、いんいんの大将にお目に懸《かか》りたい。』

『お嬢様ですか、さうですか、それならおいでです。』

といつて、下女は静子さんに西洋人のお客様があることを話しました。中将が座敷へ通りますと、可愛《かあい》らしい女の子が、下髪《おさげ》にリボンを結んで座つて居ました。

しかし大将はこれに違ひないと思ひまして、敷居《しきゐ》の外《そと》で敬礼をいたしました。静子さんは自分はえらい人になつたやうな気になりました。

『大将閣下はあなたですか。』

『さうなの。』

と美しい声で静子さんは云ひました。中将はそれから、自分の本国から、静子さんに是非来てほしいといつて来たことを話しました。

静子さんが伯母さんに御相談をしますと、さういふことがあつたら、かへつて静子さんのいんいんがなほるかも知れぬとお思ひになつたものですから、

『一寸《ちよいと》だけ行つていらつしやい。』

と仰《おつ》しやいました。静子さんは大よろこびで中将に連れられて西洋へまゐりました。


その国の港へ着きますと、見物人が山のやうにゐました。

『えらいものですね。十位《とをぐらゐ》ですがね。』

『フランスのジヤンヌダルクのやうな人なんでせうね。』

などといつて居ます。その国の王様は静子さんの為に観兵式をおもよほしになりました。

その日に静子さんに戦《いくさ》の仕方を少しでも見せてくれとのことでした。静子さんは日本の青山練兵場のやう

な場所で沢山《たくさん》の兵が並んで居る前へ、中将と一緒にまゐりました。

『今、日本のいんいん大将が、戦《いくさ》の仕方をお見せになるから、諸君は謹んで拝見なさい。』

と王様は仰《おつ》しやいました。静子さんは先刻《さつき》から、何だか恐くて恐くてしやうがなかつたのですが、この時自然と、

『ひひい、いん、いん、いん。』

と泣き出しました。その国の兵は皆この声に驚きまして逃げました。王様も急いで宮へお帰りになりました。中将も堪《こら》へかねて走り出しました。静子さんは心細いものですから、なほなほ、

『ひひい、いん、いん、いん。』

と泣きました。しまひには練兵場に人が一人も居なくなりました。

『ひひい、いん、いん、いん。』

といふ声はなほ続いて聞えてゐました。その翌日、王様からお使が来て、

『戦争《いくさ》の仕方は分つた、お礼にこれを上げませう。』

といつて大きな箱を一つ下さいました。静子さんは大喜びでそれを持つて日本へ帰つて来ました。

『伯母さん只今。』

と大きな箱を横に置いて、静子さんは御挨拶をなさいました。

『お帰りなさい、その箱は何です。』

『王様に頂いて来たのです。勲章でせう、きつと。』

『さうぢやないかも知れないね。』

『開けて見ませうか。』

と云つて蓋《ふた》を明けますと、中にはでんでん太鼓やら、おしやぶりやら、護謨《ごむ》でこしらへた乳首《ちちくび》やらが一杯入つて居ました。

『それ御覧なさい、貴女《あなた》があんまり泣くものですから、西洋の王様までが赤ん坊だとお思ひになつたのです。十《とを》にもなつてはづかしいぢやありませんか。』

と伯母さんはお云ひになりました。それから静子さんはもう、

『ひひい、いん、いん、いん。』

と泣くことはなくなりました。

ニコライと文ちゃん

文《ぶん》ちゃんはお国に居た時、人から、東京にはニコライと云ふ大きいものがあることを聞きました。

『大きいつて、どれ位なの。』

『それや大きいものですよ、とてもお話では出来やしません。』

『見たいなあ。』

『東京へ行つたら直《す》ぐ見に入《い》らつしやい。けれど見に行かないだつて、頭の先だけなら、新橋《しんばし》からでも何《ど》処《こ》からでも見えるでせうよ。』

『頭の先だけぢやつまらない。顔が見えないぢや、僕は東京へ行つたら直ぐ見に行きます。』

さう云つて居るのでした。それから文ちゃんが東京へ来て、車で下谷《したや》の親類へ行きました時、車夫《くるまや》に、

『ニコライさんは何処に居ます。』

と問ひました。

『そら彼処《あすこ》に頂上《てつぺん》だけが見えます。』

と車夫《くるまや》が教へてくれました。

『何処に、何処に。』

『そら、黒いてつぺんが見えるでせう。』

『見えた、見えた。』

と文ちゃんは嬉しさうに云ひました。文ちゃんはニコライの屋根を見て、ニコライさんは黒い冑《かぶと》を被《かぶ》つて居るなあと思ひました。そしてニコライさんは座つて居るやうだが、あれで立上つたらどうだらう、天に穴が明《あ》くかも知れないなあと考へました。

『何《なに》だつて大きい人だなあ。』

と独言《ひとりごと》を云つて居ました。それから文ちやんは大分《だいぶ》東京になれて来まして、道などもあらかた分るやうになりました。文ちやんは国に居た頃から顔が見たい見たいと思つて居たのですから、人に教へて貰ひまして、ニコライのある駿河台《するがだい》へ来ました。夕方であつたものですから、門は閉《しま》つて居ましたが、門の柱には『ニコライ』といふ標札《へうさつ》が出て居ます。

『僕はニコライさんはことによると生きて居る人ぢやないかと思つたが、標札が出て居るからまだ生きて居るのだなあ、見えないかしら、ニコライさんは居ないかしら。』

文ちやんはあまり傍《そば》近く行つて居るものですから、上にニコライの御堂《おだう》が高く高くそびえて居ることに気が付かずに居ましたが、鉄の門の間《あひだ》から覗きまして、右を見たり左を見たりして居《を》りますうちに、ふと上を向いて、初めてお堂の屋根に気が付きました。

『やあ、やあ。』

と、びつくりした声を一人で出して居ます。

『ニコライさんは僕の前に居たのだなあ、驚《おどろい》ちやつた。』

そのうちに文ちやんは、ニコライの本堂の方の円《まる》屋根と、鐘撞《かねつき》堂の方の尖《とが》つた屋根とが、二つ並んで居ることに気が付きました。

『おやあ、ニコライさんは二人居るぢやないか、ニコさんと、ライさんなのかなあ、標札をよく見やう、さうぢやないだらう、並べて書いてないもの、何方《どつち》か一人がニコライさんに違ひない、一人は弟さんだらう、お友達かしら。』

ニコライの門の横の小《ちひさ》い戸をあけて、十二三のお嬢さんが一人出て来ました。

『お嬢さん、一寸《ちよいと》教へて下さい、彼処《あそこ》に居る痩せぼつちの人と肥《ふと》つた人と、どちらがニコライさんですか。』

『ニコライ僧正《そうじやう》様ですか。』

お嬢様は此処《ここ》の一番えらいお坊様の、ニコライ僧正さんのことを、文ちやんが尋ねて居るのだと思つて居るのです。

『其処《そこ》に二人ゐらつしやるのは、何方《どちら》がニコライさんなのですか。』

『僧正様はもうお寝《よ》つていらつしやいますよ。』

『さうですか、二人居るのは誰ですか。』

『二人人《ひと》が居ましたの。』

お嬢様は歩きながらかう云ひました。

『彼処《あすこ》に居たのがニコライさんぢやないのですか。』

『それは門番でせうよ。』

『さうですか、あの二人は門番ですか。』

『門番は二人居ますよ。』

『ニコライさんは、門番よりも大きいですか。』

『僧正様は門番よりも大きいですわ。』

『ニコライさんは何を食べて居ます。』

『パンだの何だの、さよなら。』

お嬢様は電車に乗る為にお茶の水の方へ行つてしまひました。

『驚いたなあ、ニコライさんかと思つて居たら、あれが門番だつて、ニコライさんはもつと大きいつて、驚いちまふなあ。今度はお昼のうちに行つて見やう、門番だけを見て居ちやつまらないから。』

それから文ちやんは、時々ニコライの門へ来て見るのですが、何時《いつ》も門番だとお嬢様の教へてくれたものの外《ほか》には居ません。丁度二十度《にじつたび》ほども行つた頃、やつぱりあれがニコライさんぢやないかと文ちやんは思ひました。それでまた道を通る人に、

『もし、もし、あれが真実《ほんたう》のニコライさんですか。』

と問ひました。

『あれが真実《ほんたう》のニコライだよ。』

その人は無造作に云つて行つてしまひました。

『なんのことだ、やつぱりあれなのだ。けれど二人だなあ。何方《どちら》がニコライさんなのかなあ、さうだ、今度は少し大きい声を出して、自分で聞いて見やう。』

文ちやんは口を大きく開けまして、

『其処《そこ》にお出《い》でになるお方、何方《どちら》がニコライさんですか。』

そんなことを云つても、お堂は人ぢやありませんから、ものを云ひません。

『貴君方《あなたがた》、どちらがニコライさんですか、まだ聞えませんか、ニコライさん。』

あんまり大きい声を出して苦しいものですから、文ちやんは暫く黙つて居ましたが、また、

『右の方《はう》にいらつしやる痩せぼつちの方《かた》ですか。左の方《はう》にいらつしやるふとつた方《かた》ですか、ニコライさん、ニコライさん、ああ、いやになつちまつた。』

文ちやんは歎息《たんそく》をしました。

『痩せぼつちの方《かた》ですか。肥《ふと》つた方《かた》ですか。ニコライさん、ニコライさん。痩せぼつちの方ですか。肥つた方ですか。弱つちまふな、僕は声が小《ちひさ》いから駄目だ。』

その日は文ちやんはあきらめて帰つて来ました。それから毎日文ちやんは大きい声を出すけいこをしてゐましたが、文ちやんはだんだん大きい声が出るやうになりました。

『もう大丈夫だ。ニコライさんとお話が出来る。』

大よろこびで文ちやんはまた駿河台へ来ました。

『ニコライさん、ニコライさん。』

さうしますと、ニコライの鐘撞堂の方で、

『があん、がんがらがん、があん。』

と鐘が鳴り出しました。文ちやんは、自分の云つたことがニコライさんに聞えて、返事をしてくれるのだと思つて、嬉しくつて、嬉しくつてなりません。

『があん、がんがらがん、があん。』

『はい、はい、はい。』

鐘の音を文ちやんは、

『文ちやん、文ちやん、文ちやん。』

と云つて居るのだと思つて居るのです。

『があん、がんがらがん、があん。』

『はい、はい、私は文ちやんですが、ニコライさんは、あの痩せ。』

『があん、がんがらがん、があん。』

『はい、はい一寸《ちよつと》待つて下さい、ものが云へないぢやありませんか。はい、はい。』

『があん、がんがらがん、があん。』

『弱つちまふなあ、さう文ちやん、文ちやんと云はれちや。ニコライさん、貴君《あなた》は痩せぼつちの方《はう》ですか、肥つた方《はう》ですか。』

そのうち鐘は鳴りやんでしまひました。

『おや、どうしたのです、ニコライさん。』

もう鐘は鳴りません。文ちやんは痩せぼつちの方がものを云つたのだから、あれだらうと思ひました。

＊『少年少女』を底本とした。
＊『少年少女』は総ルビであるが、パラルビに改めた。
＊作品中の挿絵は初出誌「少女の友」に掲載されたものを使用した。

第三章　少女たちへ

立派な娘を作る前に
立派な人を作れ

1　童話の時代　大正の児童文学

大正期の新しい動き

巌谷小波、十年の歳月をかけて〈世界お伽噺〉一百冊をつくり上げたるお祝ひとして、東京座にてお伽祭を催せり。桃太郎銅像の除幕式を行ひ、見物側の三千の少年、桃太郎の唱歌をうたふにつれて、小波はじめ仮装の人々の踊りしは、いかにも賑かに、面白をかしく、お伽祭の見せ物として、上出来の思ひ附なり

明治四一（一九〇八）年、東京神田で催された「お伽祭」の様子を大町桂月はこう記している。この頃小波は「少年文学の将来」（「東京毎日新聞」明42・2・27）を書いて、「お伽噺といへば誰でも教訓ばなしと心得」ていることを批判し、子どもから大人までが「同じく興味のあるやうなもの」で「広い意味でのロマンチック文学風」のもの、つまり「詩的お伽噺とか情的お伽噺」が求められると述べていた。

小波のまわりでは、明治四三年、「少女世界」の投稿者たちが「たかね会」を結成し、その中には吉屋信子、北川千代らの名前を見ることができる。また四五年には小波門下の作家を中心に、日本で初めての児童文学研究会である「少年文学研究会」が発足するなどの動きがあった。

先に触れた小川未明の童話集『赤い船』（明43・12）はそうした中で刊行され、「詩的お伽噺」として評価されている。標題作は、貧しい家に生まれた露子がオルガンの音に心を奪われ、オルガンが来たという外国への憧れを膨らませる。奉公先でもその思いは止まず、海で見た赤い船に憧れを託すという短編で、教訓臭の全くない詩的な作品であった。晶子の『少年少女』に「おとぎばなし」という角書きが付いていたように、未明の『赤い船』も「おとぎばなし集」となってはいるが、どちらも説話的なおとぎばなしとは違い、童話と呼んでよい作品が多い。

小川未明は「少年文庫」（明39）の編集で児童文学と関わり始め、「野薔薇」（大9）、「赤い蠟燭と人魚」（大10）など、今も読み継がれる作品をつぎつぎに発表した。弱い者に心を寄せ、社会の理不尽さを批判する姿勢は終生変わらなかった。

私は、子供の時分を顧みて、その時分に感じたことが一番に正しかつたやうに思ふのです。そしてその時分の正しい感じをいつまでも持つてゐる人は、人間として最も懐しまれる、善い人であらうと思はれるのです。

と未明は述べている。子ども時代の純真多感な心の状態を「童心」と呼び、それを理想の状態とする考え方は「童心主義」と名づけられて大正期の児童文学の主潮となった。

実業之日本社の「愛子叢書《あいし》」は、明治期に出された博文館の「少年文学叢書」を意識してか、森鷗外、夏目漱石、島村抱月ら文壇の有名作家に書き下ろしの作品を依頼しているが、小波に代表されるおとぎばなしの全盛期に、文学性を重視した大正期らしい企画であった。実際には島崎藤村『眼鏡』、田山花袋『小さな鳩』、徳田秋声『めぐりあひ』（以上、大2）、与謝野晶子『八つの夜』、野上弥生子『人形の望』（以上、大3）の五冊が刊行された。『八つの夜』は晶子の児童文学作品の代表作とも言えるもので、これについては後章でくわしく取り上げるが、藤村と弥生子について簡単に触れておきたい。

『眼鏡』で児童文学と関わりをもった藤村は渡仏を経て「幼きものに」（大6）を刊行した。副題に「海のみやげ」とあるように、フランスを中心に船が寄港した各地の様子や伝承を、帰国を待つ三男一女に語るという形をとっている。続いて藤村は、自らの「生命の源」として「少年の日を懐かしむ心」を寄せた「ふるさと」（大9）、「をさなものがたり」（大13）、「力餅」（昭15）を執筆した。「幼きものに」の序には次のような言葉がある。

　お前たちも大きくなってごらんなさい。自分で行こうと思えば、どこへでも行かれます。フランスへ行ってぶどう酒を飲もうと、イギリスへ行って紅茶を飲もうと、お前たちの自由です。まあ一歩、日本から踏み出してごらんなさい。広い広い世界がありますよ。

野上弥生子の『人形の望』は、人間になりたいと願う人形の冒険の旅を大きなスケールで描いて叡智の大切さを説いている。刊行の前年に『伝説の時代』を翻訳してギリシア・ローマの神話に造詣の深いことが生かされたと言える。「赤い鳥」、「コドモアサヒ」などにも短い作品を寄せており、よりよく生きるための「知」を重視するものが多く見られる。

「少年文学叢書」は過半数が歴史ものであったが、大正期になって新しい視点で書かれた歴史ものに、木村荘八『ニール河の草』（大8）がある。「少年芸術史」と副題をつけて語り口調で西洋の絵画や彫刻の歴史をとき、最終章「現代」に至って「自然の神秘を探る芸術の天才は、いつも世界の何所かにゐて、人間の智恵を代表してゐてくれないと人類は不幸です。戦争ばかりが世界の大仕事ではやり切れない。ロダンは実に彫刻家のレムブラント、親愛なる現代芸術の父でした。今は猶その喪に服するしめやかな時代だ」とするようなユニークな一冊である。

一方、第一次世界大戦によって得た中産階級の経済的な余裕の上に、「世界少年文学叢書」「世界少女文学叢書」（博文館　大3〜）、「模範家庭文庫」（冨山房　大4〜）、「世界童話集」（春陽堂　大6〜）、「世界少年文学名作集」（精華書院　大8〜）などの外国の児童文学も競って刊行され、好評を博した。エレン・ケイの著作『児童の世紀』が日本でも翻訳され、広く迎えられたことにも時代の雰囲気が感じられる。

「赤い鳥」の運動

鈴木三重吉が主宰した「赤い鳥」（大7・7〜昭12・10）は童心主義の一つの開花と言われている。次に「赤い鳥」創刊号の「標榜語《モットー》」の一部を引いておく。

•「赤い鳥」は世俗的な下卑た子供の読物を排除して、子供の純性を保全開発するために、現代第一流の芸術家の真摯なる努力を集め、兼て、若き子供のための創作家の出現を迎ふる、一大区劃的運動の先駆である。

•「赤い鳥」は只単に、話材の純情を誇らんとするのみならず、全誌面の表現そのものに於て、子供の文章の手本を授けんとする。

「世俗的な下卑た子供の読物」といった感覚的、主観的な三重吉の批判は、小波に代表されるような戯作風の文章や、「立川文庫」の講談調に向けられたものであった。小波の作品によって定着した〈おとぎばなし〉に対して、三重吉は〈童話〉という呼称を使い始める。

『赤い鳥』の標榜語《モットー》は以降も毎号掲げられ、末尾には「『赤い鳥』の運動に賛同せる作家」の名が列挙された。創刊号では、泉鏡花、小山内薫、徳田秋声、高浜虚子、野上豊一郎、野上弥生子、小宮豊隆、有島生馬、芥川龍之介、北原白秋、島崎藤村、森鷗外、森田草平、そして三重吉という錚々たる文壇人たちを並べている。このことは購入者（親や教師）に信頼感を与え、童話の文学性を認知させることに役立った。「『赤い鳥』の運動」とあるように、三重吉の投じた一石は、童話、童謡、綴り方にとどまらず、童謡の作曲、山本鼎を中心とする児童の自由画運動、「赤い鳥の本」の出版など文化運動と呼ぶべき波紋を広げ、新聞や婦人雑誌における童話の掲載も増えていった。

「赤い鳥」創刊号表紙

大正八年から一〇年にかけて次々に現われた児童雑誌も波紋の一つで、主なものに、「おとぎの世界」（大8～同11）、「金の船」（大8～昭4、大11「金の星」と改題）、「童話」（大9～同15）がある。これらの雑誌の表紙や挿絵はいずれも西洋的で清新なもので、「赤い鳥」の清水良雄、「おとぎの世界」の初山滋、「金の船」の岡本帰一、「童話」の川上四郎などの手になって雑誌を特徴づけた。

これらの雑誌からの依頼によって、文壇作家による児童文学作品が数多く執筆されることになった。「赤い鳥」には芥川龍之介の「蜘蛛の糸」（大7・7　創刊号）や「杜子春」（大9・7）、有島武郎の「一房の葡萄」（大9・8）などが掲載され、佐藤春夫は「童話」に「蝗の大旅行」（大10・9）を寄せた。「少女の友」に寄せた「揺籃《ゆりかご》の唄の思ひ出」（大4・5）を星野水裏に激賞され、作家としてのスタートをきった宇野浩二は、新進小説家として認められてからも、「蕗の下の神様」（「赤い鳥」大10・1）や「春を告げる鳥」（「幼年倶楽部」大15・8）などの童話を書き続けた。

文壇作家ではないが、キリスト教の牧師だった沖野岩三郎もいる。新宮（和歌山県）の教会に赴任していた時「大逆事件」に巻き込まれ、連座を免れて救援活動に従事し、与謝野夫妻とも深い関わりを持っている。「金の船」や「童話」に作品を寄せた。童話集『熊野詣り』（大8・10）は一六編中の一一編が紀州を舞台としており、山奥に暮らす人と動物と自然の営みを、明るいユーモアをもって描いたものである。「馬鹿七」や「黒八」と愚か者呼ばわりされる無欲な主人公が、恐ろしい狼を心服させ、焼けた森に植樹する。そこにあるのは沖野の人間批判、文明批判であった。

大正一三年一二月には、宮沢賢治が「イーハトヴ童話」として九編の短編を収めた童話集『注文の多い料理店』を自費出版したが反響はなく、生前ほとんど評価されぬまま膨大な草稿が遺された。賢治の児童文学作品は、花鳥童話、動物寓話、村童スケッチ、少年小説と自身が分類しているような多様性を含んでおり、郷土（岩手県花巻）の自然と方言、独特のオノマトペがそれらを個性的な作品にしあげている。

大正期の晶子は、「少女の友」への連続寄稿と入れ替わるようにして、大正二年から三年、六年から七年にかけて「少女画報」に二八編の短編童話を寄稿している。「赤い鳥」から原稿を依頼されたことはなく、「おとぎの世界」に二編、「童話」に四編の作品を寄せている。上笙一郎氏のご教示で「大阪時事新報」に載せた三編が判明したが、新聞・雑誌に発表したものは他にもあるように思われる。また本書には言及する用意がないが、「金の船」、「少女の友」、「芸術自由教育」（大10）などに童謡や脚本を発表している。どちらにしても『少年少女』以降の晶子の本領は、『八つの夜』に代表されるような少女小説系の作品に移ったように思われる。では続いて、晶子の少女小説について見ていくことにしたい。

2　晶子の少女小説

「さくら草」　母から見た少女

■母のかなしみを知る

明治四四（一九一一）年、創刊から四年目の「少女の友」春季増刊号は少女小説特集を組んだ。女性ばかり八人の執筆陣による四〇〇字詰で二〇枚前後の短編（「その夜のこと」は一二枚ほど）ばかりである。執筆者の横には大きく画家の名前を掲げて八人の画家の競作という演出もされ、口絵には竹久夢二の「桃咲く家」を添えて春の増刊号にふさわしい華やかさが感じられる。各作品にはページ全面を使った大きな挿絵が一枚ずつ入っていた。特集の目次は次ページのとおり。

「さくら草」の挿絵は川端龍子（本名昇太郎）。和歌山県出身ではじめ洋画を学び、のちに日本画に転じた。この頃は実業之日本社の専属画家として「少女の友」掲載の晶子の短編童話にもたびたび挿絵を描いている。「さくら草」に添えられたのは、花に囲まれて温室の籐椅子に倚る母子を描いた上品な挿絵である。

「さくら草」の掲載までに晶子は、「少女の友」に三五編、「少女」に一編の作品を寄せているが、角書きはすべて「お伽噺」であった。（角書きのない「少女世界」の三編も内容的には同じ。）「さくら草」は「少女小説」と角書きのついた晶子の最初の作品で、執筆意識も「お伽噺」とは明らかに異なっている。

「さくら草」の主人公は「千枝子」。「少し大がらな身体《からだ》の、十二で今年から尋常五年になる目の美くしい、黒髪の総々《ふさ》とした、白や水色のリボンのよく似合ふ少女」である。千枝子は病後の転地を兼ねて父と共に父の郷里である京都へ行き、初めて叔母（父の妹）に会う。叔母は「時子」という軍人の未亡人で子どもがなく、千枝子を歓待して銀閣寺や知恩院、嵐山へと案内してくれた。千

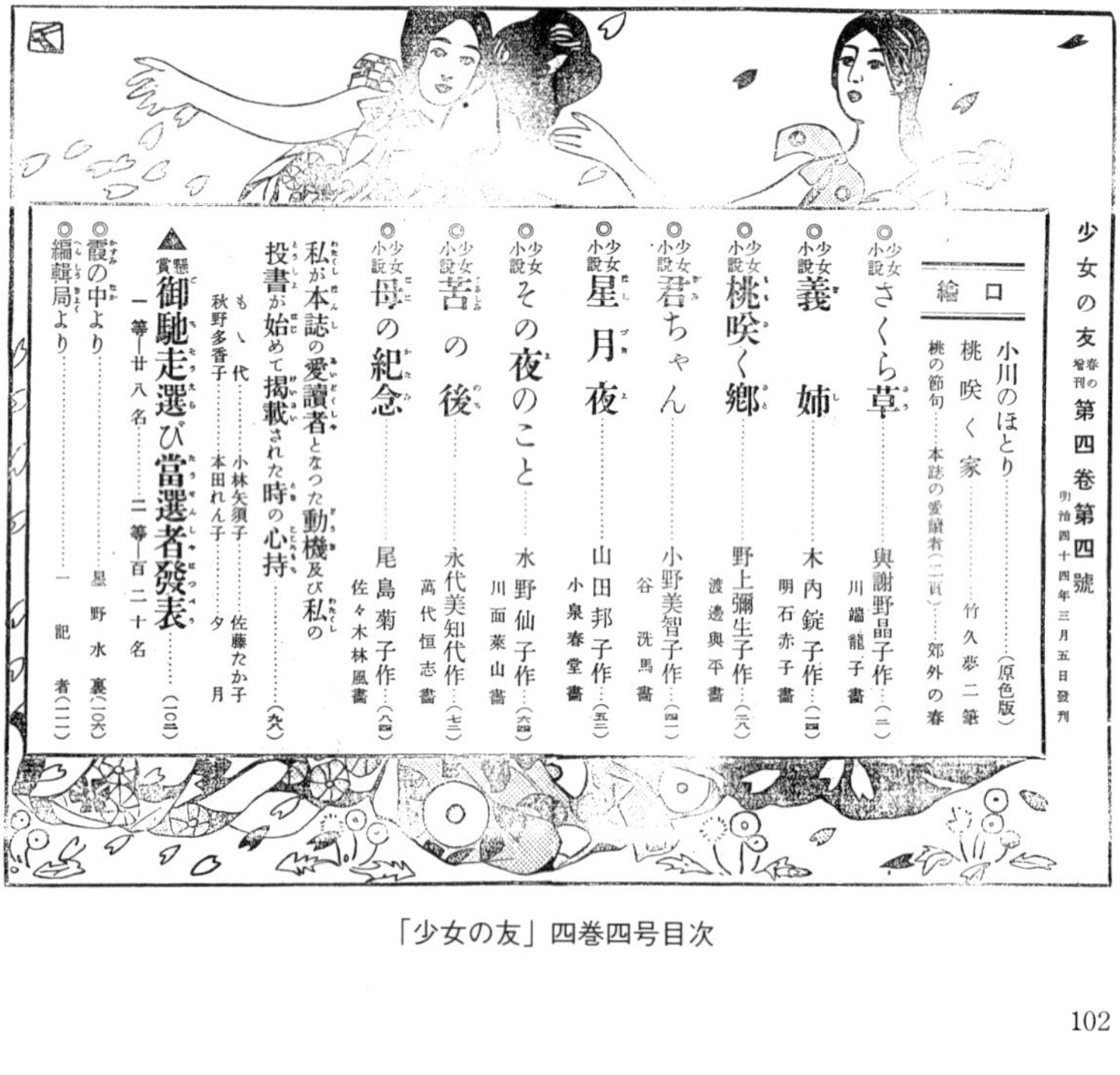
少女の友　春の増刊　第四巻第四號
明治四十四年三月五日發刊

口繪
小川のほとり……（原色版）
桃咲く家……竹久夢二筆
桃の節句……本誌の愛讀者（二頁）……郊外の春

◎少女小說さくら草《さう》……與謝野晶子作…（一）　川端龍子畫
◎少女小說義《ぎ》姉《し》……木内錠子作…（一四）　明石赤子畫
◎少女小說桃咲く郷《さと》……野上彌生子作…（二八）　渡邊與平畫
◎少女小說君《きみ》ちゃん……小野美智子作…（四一）　谷洗馬畫
◎少女小說星《ほし》月《づき》夜《よ》……山田邦子作…（五三）　小泉春堂畫
◎少女小說その夜《よ》のこと……水野仙子作…（六四）　川面萊山畫
◎少女小說苦《くるしみ》の後《のち》……永代美知代作…（七三）　萬代恒志畫
◎少女小說母《はゝ》の紀念《かたみ》……尾島菊子作…（八四）　佐々木林風畫
私《わたくし》が本誌《ほんし》の愛讀者《あいどくしや》となつた動機《どうき》及び私《わたくし》の投書《とうしよ》が始《はじ》めて掲載《けいさい》された時《とき》の心持《こゝろもち》……（九八）
もゝ代……小林矢須子　佐藤たか子
秋野多香子……本田れん子　夕月
▲懸賞御馳走《ごちそう》選《えら》び當選者發表《たうせんしやはつぴやう》……（一〇三）
一等―廿八名……二等―百二十名
◎霞《かすみ》の中《なか》より……星野水裏（一〇六）
◎編輯局《へんしうきよく》より……一記者（一一一）

「少女の友」四巻四号目次

枝子は帰京してからも毎日母である「良子」に京都の話をしない日はなく、良子は心中複雑な思いを抱きながら話を聞いている。

ある朝、遅く起きた千枝子は、温室の中で花の世話をする母のもとへとやって来る。金蓮花《きんれんくわ》、香蘭《かうらん》、シネリヤ、アマリリス、三四十も並べられた桜草の鉢——この温室は父「久雄」が英国から帰朝してすぐ、病身の妻の慰みになるようにと造らせたもので、入口の石の飾りには良子の名が彫られている。その温室で母から叔母の上京を聞かされた千枝子は、嬉しさのあまりいろいろなものを叔母との「共同物《なかま》」にしてあげるよう母に頼み始める。笑って首肯いていた良子だが、娘が「千枝子を共同物《なかま》にしませう、半分づつ母様になりませう」と言ってあげてほしいと言うに至って衝撃を受け、よろよろと立ち上がって部屋へと帰ってしまう。

絵　川端龍子

言葉が過ぎたことに気づいて泣き出す千枝子。折しも温室へ入って来た久雄は、ことの次第を聞いて千枝子を諭し、「母様の肖像を書くのだから」と桜草の鉢を取って千枝子といっしょに部屋の方へ歩み出す、というのが大筋である。

前章で紹介した晶子の短編童話において、親が名前で呼ばれることはない。「さくら草」の中で両親が「良子」「久雄」と名前で呼ばれるのは、作品が小説であることを意識したからだろうが、少女小説には珍しいことであった。父、母と呼ばれるだけではない、名前を持った両親――これは晶子の以後の少女小説にも共通する。

さて、「さくら草」の第一の特徴は、温室の花に託された母親良子の心理描写が中心になっていることである。例えば千枝子が温室に入って行くときの様子は、

その温室の水色に塗った扉《どあ》に手を掛けた時、千枝子はこの中には、沢山な沢山な美くしい花と、い丶匂ひの空気と、それから暫くでも長く傍《そば》に居るのが嬉しい母さんが居るのだと思ふと、心臓が高く音を立て丶鳴った。

(促音が小文字になっているのは原文のママ、以下同)

と無邪気に描かれているのに対して、迎える良子は、

『千枝ちゃん、来たの。』

温室の真夏のやうな空気の中へ、入口から入って来た三月の末の風が水のやうに冷く思はれたので、良子は期して居たやうに振返って千枝子を見てから云った。

と対照的に不安気である。このところ叔母の話ばかり繰り返してしている娘に、その叔母が上京してくることを告げなければならない良子の不安な気持ちの反映なのだが、案の定、叔母の上京を聞いた千枝子は舞い上がるように喜ぶ。

良子は下を向いて金蓮花の枯葉を眺めて居る。

アマリリスの大きい赤い花が、ぽとんと音がして棚の上に落ちた。良子はその方へ一寸《ちよいと》目をやって、また直ぐ下を向いて枯葉をじっと見るのであった。

と描かれる傍らの良子の様子にはまったく気づかず、

　千枝子は新しく湧いた悦びで、心が静まらないさまで棚の上に落ちたアマリリスが更に千代田草履の傍に転んで来たのにも気がつかないで居る。

そればかりか千枝子は「ねぇ母様《かあさん》、ピヤノなんか叔母さんと共同物《おなかま》にして上げて下さいな。」と熱心に母に頼み始める。「いくらでもおなかまにします。」と「笑ひながら」答えていた良子の口調が、書斎の本も温室もと言い募る娘に対して「極めて静かに」なっていくのにも千枝子は気づかない。「母さんも私と同じやうに一人子でいらしったのだから、妹が出来て宜しいのね。」と信じきっているからである。そうしてついに母に向かって自分をも「共同物《なかま》」にしてくれと頼んでしまう。衝撃の余りに立ち上がった良子の様子は、やはり花に託されて、

　うす紅《べに》に白い斑《ふ》の入った桜草の鉢は落ちようとして漸く良子の袖にささへられて居る。

と描かれ、「黄な葉があったらあなた皆取って捨てて下さい。」と言い置いて良子は部屋へと帰ってしまうのである。

　盛りの花々に囲まれていながら、ともすれば枯れた葉に目の向く良子の寂しさは、長く病身を養ってきた人の死生観に裏打ちされているのだが、これまでの千枝子は、母のそんな一面を感じることがなかったのである。本来の健康を回復し、初めて母の許を離れて新しい土地や人と出会った千枝子は、枝を伸ばしていく若木のようなものであるから「わが子に知らさぬやうにそっと溜息をつ」く母親に気づこうはずもない。自分の嬉しいことは母親も嬉しいはずだという、幼時のような母親との一体感を疑うことなく持ち続けているのである。

　小山を登る草履の音の力《ちから》なさそうなのを聞きながら千枝子はぼっとして前の桜草を見て居たが、ふとこの時何とも知れぬ寂しい思ひが自分の身に流れて入って来るのに気がついた。

初めて見せられた母の姿に、千枝子の感じた「何とも知れぬ寂しい思ひ」こそ「さくら草」の要諦のように思われる。千枝子には、「少し大人らしい口振で云って」はまた「子供らしく甘えるやうに云ふ」ような子どもっぽさが残っている。しかし疑うことなく自分と一体視していた母の裡に、千枝子は直感的に〈死〉の影を見たのである。「十二歳」はそれを可能にする年齢だ。「さくら草」は徹底して母親の心理を描くことで、少女の衝撃と独り立ちの瞬間を描き出すことを可能にした。

千枝子の家庭は経済的にも豊かで、病身の妻のために温室を造るような夫と、仲のよい親子という理想的な家庭として描かれる。これも以降の晶子の少女小説に共通する設定だが、甘ったるい作品に陥らないのは底流する〈死〉の影のためであろう。しかし衝撃を受けた千枝子の傍らには父の久雄が登場し、娘といっしょにさくら草の鉢を持って妻を慰めに行く。ここに「少女小説」（児童文学）を意識した幸福な結末が用意されているのである。こうした晶子の少女小説観の独自性を、特集号の他作品の中に置いて確認してみたい。

■閨秀作家へのあこがれ

「さくら草」の掲載された「少女の友」の少女小説特集の目次には、春の増刊号にふさわしい華やかさが感じられることは先に述べた。ところが作品を読んでみると、「義姉《ぎし》」と「苦《くるしみ》の後《のち》」は少女の友情に取材しながらどちらも友だちの結核による死で終わり、「君ちゃん」は義理の母親にいじめられて、同情する先生の口ききで養女に貰われていき、「その夜のこと」の主人公は両親がない上に祖母まで亡くして他家で小間使いをしている――といったようにタイトルから受ける印象とはかなり変わってくるのである。

恵まれない境遇の少女が多い中で最も悲惨なのは「桃咲く郷」の主人公お新である。豆腐屋の店先に捨てられていたお新には両親のことを想像する手がかりもない。夜明け前から豆腐屋の夫婦にこき使われ、学校も二年しか通っていない。そんなお新がある夜、「如何にも判然《はっきり》」して「二人の姿形がまざ〳〵と見える様」な両親の夢を見る。翌日、唯一自分になついている赤ん坊の子守をしながら、お新はやさしい人たちが栖む「桃咲く郷」にいっときの平安を見い出す……けれど結局それは夢であったという話。描写は巧みだが、読後の印象が冷たいのは夢の扱い方にあるだろう。作中お新は二つの夢を見る。最初の夢は（夢であっても）苛酷な毎日の支えとなる可能性を孕むものとして描かれている。けれど翌日見た二つ目の夢を、文字通りただの夢にすぎなかったとすることでお新の安らぎは行き場を失い、逆境の少女を突き放したような印象が残されるのである。

「母の紀念《かたみ》」の小枝もまた可哀想な少女の典型である。幼い時、母に死別し、父は出稼ぎのために渡米して、実業家の大藤家に預けられている一二歳の少女。一つ年上のお嬢さんにいじめられ、先輩女中たちもそろって意地悪で、長女の染子様だけは同情《おもひやり》があるという設定である。ある日、紙入れを盗んだ疑いをかけられた小枝は、形見である母の写真を見せて潔白を訴え、夜中に母の墓前で気を失っているところを発見され、無実を信じるという染子の言葉に涙を流す、という粗筋。母との死別、父との生別、いじめ、盗みの疑いなどの不幸が降りかかる小枝に、「有楽座の子供日」で見た孤児を主人公とする芝居の筋が重ねられ、いわゆるツボを心得て泣かせる作者の手腕が発揮されているものの、結局は染子の同情に頼るしかないという結末になる。

そうした特集の中で「星月夜」は、母子家庭の少女花枝が進学のかなわない状況の中でけなげに生きていくという向日的な作品になっている。冒頭に書かれた花枝の思い出、九歳の時、叔母の家に泊まりにいくと言いだし、「ヒョロ〳〵と鳴」く小鳥の声に母親が恋しくなって泣き出したという思い出の中の小鳥の声が、後半にも効果的に使われている。一六歳になった花枝は、首席で高等小学校を了えながら、「病身の母に此上の苦労をかけぬのが道であらう」と郷里に残り、静養のために村に来た「さる富豪の英国人の夫人」に出会う。花枝は夫人から「人間は学校へ行ってばかり豪くなるんではないでせう。其日其日を正しい事の為に過ごして行く人が一番尊い人でありますよ。」と諭され、星月夜の下を家へ帰ってゆく。数日後、花枝の留守に夫人と担任の女教師が花枝の家を訪ね、母が「希望の光にみち〳〵た嬉しさうな色」を浮かべて花枝を待つところで終わっている。英国夫人の言葉に作品のテーマを語らせ、構成も巧みな作品と言える。

このように特集号の他作品だけ取り上げても、少女小説が好んで「肺病」「別離」「継子」といったものに取材し、堪え難い不幸をただ堪え忍び、運命だとあきらめ、犠牲となる主人公を描きがちだった傾向が窺える。「さくら草」はそうした少女小説への批判的作物という一面を持っているのである。

では特集の執筆者たちはどのような人たちだったのか。執筆時までのごく簡単な略歴を並べてみよう。（　）内は生年と執筆時の満年齢である。

「義姉」の木内錠子《きうちていこ》（明20生、二三歳）は、日本女子大学の国文学部在籍中から幸田露伴に師事している。同級生に茅野雅子、保持研《やすもちよし》がおり、卒業して「婦人世界」の社員となった。「ホトトギス」に発表した「をんな」（明43・9）は発禁処分を受けている。

「桃咲く郷」の野上弥生子（明18生、二五歳）は当時新進の小説家。夫野上豊一郎を通じて知遇を得た夏目漱石の紹介で、処女作「縁」（明40・2）を「ホトトギス」に発表して以来順調に歩んでいたが、少女雑誌への寄稿は初めてのようである。夫豊一郎との間に満一歳になる長男がいた。

「君ちゃん」の小野美智子（明23生、二一歳）は「秀才文壇」や「文庫」の匿名投書家だったという。「少女の友」には、創刊年から「牛吉のお帰り」（第二号　明41・3、小野みち子）、「肩上げと縫ひ込み」（第一一号　明41・12）といった短い童話を寄せている。

「星月夜」の山田邦子（明23生、二〇歳）はのちの歌人今井邦子。父母と離れて長野県の祖母のもとで育ち、小学校高等科のころから歌や文章を「少女界」や「女子文壇」に投稿していた。四三年に家を出、河井酔茗を頼って上京。雑誌、新聞の記者をしながら作家修業をした。「星月夜」の主人公花枝に見られる向日的な生き方は、自分の生き方を切り開いてきた邦子自身の投影と見ることができる。執筆のころ「中央新聞」の同僚今井邦彦と結婚している。

「その夜のこと」の水野仙子（明21生、二二歳）は、浅香社の歌人服部躬治《もとはる》の妹。兄躬治は「少女界」の主要な執筆者でもあって、一巻六号から「少女歌会」を連載するなどしている。仙子は「少女界」をはじめとして、「女子文壇」や「文章世界」へも投稿して広津柳浪、田山花袋らに注目され、四二年上京。花袋の内弟子となった。執筆時には与謝野夫婦の世話で日本書簡学会の機関誌編集をしている。

「苦の後」の永代《ながよ》美知代（明18生、二六歳）は、花袋の『蒲団』（明40・9）のモデルとして名が知られた岡田美知代。上京して津田塾に通いながら花袋の家に寄寓し、指導を受けた。山田邦子や水野仙子とは同宿して文章修業をした間柄である。夫の永代静雄は「少女の友」の常連寄稿家で、創刊号から「不思議の国のアリス」を翻案した「アリス物語」を連載している。

「母の紀念」の尾島菊子（明17生、二六歳）は、タイピストとして家族の生活を支えながら「少女界」に投稿し、「妾《わたし》の弟」（明39・5）や「別れ」（明40・6）が掲載されたが、「別れ」にはすでに尾島らしい悲哀感が漂っている。「少女の友」や「少女画報」では読者に圧倒的な人気があった。明治四一年からは徳田秋声に師事して「秋香女史」の名で小説を書いており、「女流作家十篇」（「中央公論」明43・12）に選ばれるなど小説家として認められてきた時期に当たる。のち画家小寺健吉と結婚して小寺菊子となる。

晶子は明治一一年生まれの三二歳。『みだれ髪』（明34）の歌人として広く名を知られ、他の七人とは別格の存在感がある。晶子は明治四〇年に結ばれた閨秀文学会の講師の一人であり、閨秀作家そのものであった。水野仙子の「その夜のこと」には、文学博士の妻で「兎に角人の少《すく》ない文壇の女性間に其名を尊ばれて居」る閨秀作家が登場するが、閨秀作家こそ投稿者たちのあこがれだった。成ろうことなら投稿を認められて上京し、文筆で生活を立てていきたいと願う少女たち。その身近な投稿先に、少女雑誌が加わったのである。「少女の友」当該号の後半には「私が本誌の愛読者となつた動機及び私の投書が始めて掲載された時の心持」と題する投稿文が載せられてあって、投稿という小さな窓から身を乗り出す雛鳥たちの羽撃きが聞こえてくるような気がする。なお、このころの少女雑誌の投稿者から小説家になった女性として、他に北川千代や吉屋信子を挙げることができる。

この特集号の出た秋、明治四四年九月には女性ばかりの文芸雑誌「青鞜」が創刊された。木内錠子は保持研に誘われて発起人となり、野上弥生子と水野仙子は社員（いずれも創刊時）に、山田邦子や尾島菊子は小説を投稿するなどして新しい舞台に馳せ参じた。閨秀文学会の受講者であった平塚らいてうは晶子に寄稿を求め、晶子は賛助員として創刊号の巻頭に「山の動く日」他の詩を寄せて、続く女性たちにエールを送ったのである。

最後に「さくら草」執筆当時の晶子について触れておく。すでに三男二女の母親であった晶子は、身体の不調から明治四三年二月に生んだ三女を里子に出し、翌四四年二月には難産の末に生んだ四女も里子に出さねばならなかった。その翌月の増刊号に「さくら草」が発表されたのであるから、双子の一人が死産となるような難産の時期に執筆は重なっているのである。からだの衰えは晶子の死生観に濃い影を落とし、子どもを里子に出す哀しみは、自分の子どもを「共同物《なかま》」と言われた良子の哀しみに投影されたと考えられる。

「環《たまき》の一年間」令嬢教育の物語

■両洋を舞台に

単行本になった与謝野晶子の長編児童文学作品としては、『八つの夜』（大3・6）、『うねうね川』（大4・9）、『行つて参ります』（大8・5　大13・11『藤太郎の旅』と改題再版）がある。「環の一年間」は、これら三作と比べて最も早い明治四五年、一年間にわたって「少女の友」に連載された長編作品である。晶子は明治四一年以来毎月、同誌に低学年向きの短編童話を寄稿していたが、長編作品はこれが初めてで、「さくら草」、「環の一年間」、『八つの夜』と続く晶子の少女小説の系譜を考える上で重要な作品である。児童文学ばかりでなく、「東京朝日新聞」に連載した小説「明るみへ」（大2・6～同・9）に先立つ長編の習作でもある。連載誌が少女雑誌であり、単行本にされなかったこともあって殆ど知られることがなく、『定本與謝野晶子全集』（講談社）にも未収録であるため、本書巻末にその全文を収録した。

「環の一年間」の連載は明治四五年一月号から始まり、七月号は休載、一二月号までの一一回で、原稿用紙にして百枚ほどの作品である。角書きはすべて「お伽小説」。後半の七章から九章の目次と本文に「仏国巴里ニテ」の添書きがある。一回の分量は雑誌七ページ分、毎回内容に即した三枚の大きな挿絵と、ページの上を飾る横長の飾り絵が六枚添えられた。挿絵画家は明石赤子（本名精一）。明石について、大正期に「少女の友」の主筆であった渋沢青花は、「実業之日本社で専属の形をとったのは、川端龍子氏をはじめとして、明石精一、中野修二など数氏が」あり、明石は専属画家で「人物があまり得意でなかったので、詩や童謡、随筆のようなものに描いてもらうと、すこぶる詩情にみちた絵をかいた。明石君自身、詩人の素質があり、なかなか面白い随想を書いた」と回想している。

「環」とは主人公の少女の名で、「輪の形をした玉」あるいは「めぐる、めぐらす」という字義を持つ。「環の一年間」というタイトルが決まった時点で、両親によって白玉を扱うように育てられた環という少女の、ぐるりとめぐる一年間の物語として構想されたものと思われる。休載の七月号を挟んで、前半（一章から六章まで）は春から夏の京都を、後半（七章から一二章まで）は秋から冬のヨーロッパを舞台にするという大きなシンメトリックな枠の中に、いくつかの小さなシンメトリーが埋め込まれた構成になっている。

導入部分に当たる一章は京都ホテルでの華やかな新年会で、主要な登場人物が紹介される。主人公の少女「須川環」と両親、「京都で一番好い地位をお持ちになる」貴婦人「君様」、ミステリアスな雰囲気を醸し出す「松林子」である。林子（りん子）は美しいけれども陰のある少女で、その暗さの理由が四章をクライマックスとして明かされてゆく。外交官である父親は母親を伴って外国へ行っており、りん子は祖母の家に預けられているという。訝しく思った環は、りん子のすまいを聞いて驚く。松原西洞院《にしのとういん》の角に建つその家は、皆が公然と「化物屋敷」と呼ぶ家だったからである。ここで一章は閉じられ、二章と三章ではりん子を心配する環が屋敷を訪ねて行く。「コロクル、コロクル、コロクルと実に厭な音を立てて」戸を開けると、玄関には「血の色のやうな更紗の敷物」が敷かれ、そして壁にはりん子から環に宛てた伝言の紙が……というところで三章へ。貼紙を見た環は、約束はしないでも自分は必ず訪ねて行くものとりん子が信じてくれていたことに感激するが、「ううう、うおう。」という気味の悪い獣の声に怖くなって逃げ帰り、夕食後両親にりん子の家を訪ねたてん末を報告する。屋敷の不気味さと明るい環の家庭の様子が対照されて描かれていくところである。

続く四章はミステリアスな展開のクライマックスに当たる。環が戸を開けようとすると中から「異様なもの」が出てくるのである。「身のたけは環より一二寸大きいと思はれる姿で、足には草履を穿いて居ますが顔がありません。頭があるのですがその上から両方へ三四尺垂れた被《かぶ》り物をして居ます。」と異様な様が描写される。（雑誌では同じページに布を被った少女の挿絵（本書一五二ページ）がついているため、読者にはそれがりん子であることがわかってしまい、「異様なもの」への怖さがなくなってしまう。これは挿絵を描いた明石赤子の不用意であろう。）それにしても家の中で、りん子は何故被り物をして黙っているのか。わからないまま案内されていくのはとにかく気味の悪い、だだっ広い屋敷である。その一番奥の部屋へ入り、被り物を脱ぎ捨てたりん子は泣きながら事情を語る。

りん子の祖母は娘（りん子の叔母）を若くで亡くしたために、身内を守るためには世間と離れた暮らしをするしかないと思い込んでいるのだと言う。「廊下を歩くだけでも人が透見をするといけないから」と被り物までさせられていたのである。そんなりん子が新年会へ出ることのできた理由は、祖母がただ一人世界の中で尊敬している君様が出席していたからだと聞いて、環は君様に助けを求めようと思いつく。一章でちらりと登場した君様が、五章でりん子を助けだす鍵をにぎる人物として再登場するのである。君様は三度松浦家を訪れ、自分の欧州旅行の「侍女《こしもと》」としてりん子を祖母のもとから連れ出すことに成功する。このてん末は六章末で君様からの書簡の形をとって語られる。

りん子がどうしてめいった陰気な姿の人になったのかという謎、りん子はどうやって助け出されるのかという興味、華やかな君様の邸の宴などが、連載という形式を生かして巧みに構成され、休載を挟んで後半へと展開する。

つなぎの役目をする七章は次のように書き出されている。

七月の初めの水曜日の朝、ウラジホストック港に着いた露西亜汽船の一等の乗客として多くの外人の目を引いたのは、三十歳余りの貴婦人と、十三四歳の美くしい二人の少女と、附人の男が二人、女が二人の一行でした。

時は「七月の初めの水曜日の朝」、一年間のちょうど半分のところから始まり、場所はウラジオストックからシベリア鉄道、つまり日本とヨーロッパを結ぶところという設定で、意識的に前半部と対応させて書かれていることがわかる。一章で環は父母に伴われて美しく着飾り、新年会に集う人々の目を集めたが、七章の環は君様、りん子と共に汽船から降り立って、多くの外国人の目を引いている。ここから君様に連れられた環とりん子がヨーロッパに旅立っていくのである。

八章は環から両親への書簡の形で、フランスの屋敷の造り、室内の様子、エトワール、凱旋門、リュクサンブル公園、ルーブル美術館などパリの街が紹介され、一〇章ではロンドンのハイドパーク、市立動物園、バッキンガム宮殿などを見物する。前半には源氏物語の御殿を思わせる君様の邸に具現する日本の美意識、季節を取り入れた回遊式庭園の様子が描き込まれ、後半ではヨーロッパの人工的な街のたたずまい、噴水を中心とする庭園の人工的に統制された美しさが紹介されて、両洋の文化を育んだ土壌としてのそれぞれの自然描写が作品に厚みをもたらしている。

連載途中の五月から一〇月まで晶子はヨーロッパへ渡り、その様子は新聞などで大きく報道されていた。敦賀から船でウラジオストックへ、そしてシベリア鉄道でパリへという君様一行の行程は晶子の旅程のままであり、パリ、ロンドン、ブリュッセル、アントワープを訪れて船で帰国するのも同様である。晶子が見聞した自然の景物や街の様子、エピソードなどが、「仏国巴里ニテ」と添書きされ、時をおかず読者に伝えられているのである。今読めばさほど珍しくもないことでも、当時の読者にとっては興味深く、新鮮な驚きや発見があったに違いない。

九章でりん子は外交官として赴任していた両親の手に返され、環は最後の二章を、フランス人のマリイという少女と共に旅してゆくが、環とマリイは国の違いを越えて、同じようなことに驚いたり、失敗したりする少女として描かれている。終章はベルギーのブリュッセル、アントワープに舞台が移り、環がりん子の一家と合流して帰国の途につく場面で物語は閉じられる。季節が移り、場所が移って、また新しい年がやってくるのである。環はこの一年間にどのような成長を遂げたのだろうか。

■理想的な家庭を描く

作品の前半で、環はどのような少女として描かれているだろうか。環は「綺麗な玉のやうな顔をした」一三歳の少女で、両親と共に東京から京都へ移ってきて一月になる。「愛らしい小鳥が愉快らしく花の中で歌ふやうに誰彼となしに」挨拶をし、初対面の君様にも一目で気に入られて君様の隣に席が設けられる。卓の中央に座す環は、端の方に目立たない姿でいる少女に目を留める。「顔に桜の花のやうな色や薔薇の花のやうな光沢《つや》を持」つ環に対して、「静かな山の中の湖か夕月の光かが思はれる」少女と対照的に描かれているが、こちらも「目や眉のあたりの美くしさは名人の彫刻師が作ったやうな」美少女である。実はこの少女、松浦りん子と環は五年前まで東京の或る区の小学校に学んでいた同級生で、ふたりは「白い蝶黄色い蝶」と呼ばれた仲良しだったのである。陰のある少女となったりん子と対照させて、曇りなく明るい、行動的な環が描かれる。そんな環を育てた家庭は、「さくら草」に描かれた家庭と同じく、理想的な家庭として描かれている。東京にいた環の一家は京都へ移ってきて間がないが、新年会で部屋に入って行くと「大勢のお客様は、環の父様と母様を見ると皆立ち上って挨拶をなさる」ような社会的地位にいる。「夕飯の後で母様は何時ものやうに洋琴《ぴやの》を弾いて父様にお聴かせにな」り、親子の間でその日の出来事が語り合われるような、芸術的な雰囲気に満ちた家庭である。

りん子のことを心配する環に「好奇心なんかで行くのではないでせうね。」と尋ねる母親は、「頭からあの化物屋敷かなどと云ふやうな軽佻な人で」はない。「好奇心なんかで行くのではないでせうね。」と念をおして、「あの沈んだお顔をしたお子様をあなたの力で慰めることが出来たらあなたも嬉しいでせうから。」と環を励まし、環はりん子の家を訪ねて行く。父親も妻のピアノを楽しみ、子どもの話をゆっくりと聞いて「重味のある声で」励ますような人物である。「化物などが家の中に居る筈はないので御座いますから。」と言う母親にも、「ううと云ったのは無論犬さ。」と笑う父親にも、迷信や噂に惑わされるようなところは全くない。君様たちといっしょに環を洋行させてはどうかという妻の提案に、「学校は一年遅れてもそれだけ見聞が広まる事ではあるし、今出川の君様のやうな学識の高い方のお傍に居るのは決して悪い事ではないから」と父が同意することからもわかるように、両親は対等に子育てについて話し合っているのである。具体的な職業はわからないが父親自身にも洋行の経験がありそうで、「さくら草」の父親のような洋行帰りの芸術家、あるいはこのころ東京帝国大学から京都帝国大学へ移っていた上田敏のような学者が想起される。

陰気な少女になったりん子とは対照的な前半の環の輝きの後ろには、新しい家庭を築いている両親の存在が不可欠なのである。「父母の愛の指に弾かれる琴のやうになって、清らかな無邪気な美しい楽音《がくおん》」を立てて育った環であればこそ、「愛らしい小鳥が愉快らしく花の中で歌ふやう」な少女であり、学校では「級の花のやうに愛されて敬はれ」るような無邪気で愛らしい少女に育ったのだし、幽閉されたりん子のことを思って「幼い義侠心は押へ切れない程興奮し」、君様に相談をして助け出そうとするような行動的な一面も育まれたのである。

例えば「化物屋敷」と噂される松浦家を初めて訪ねる時、やはり噂から自由でなかった環は、恐怖が先に立って犬の声に驚いて帰ってくる。けれど両親から励まされることでつまらない噂や迷信から解き放たれた環には、松浦家の庭が「面白い公園の中でも歩くやうに」思われ、「真盛りに咲いた一本の梅の木」を見ては「白い裸の人が突然目の前に現はれた」と思ったり、木立の中に「通る人の袖が染まる程黄に色よく咲いて」いる連翹の花を楽しんだりする。少女に〈捕らわれない目〉を与えたのは両親の励ましであったのだ。環の渡欧は、母親の提案と父親の合意の許に実現する。環の父母は、自分たちの寂しさを抑えて愛娘を広い世界へ送り出す、見識ある両親像として完結しているのである。

対照的な存在がりん子の祖母繁尾《しげを》である。化物屋敷とまで呼ばれる家の窓はいつも閉じられ、覆いの板さえ被せてある。門も玄関も開いていることがない。長女の夭逝という悲しみのせいとはいえ、幽閉することでしか娘たちは守れないと思い込んで、娘たちを不幸にしている。りん子の父親（繁尾の息子）は外交官になっていることから男子に対する態度は別であるらしく、娘たちにだけ世間と全く交際を断たせ、家の中でさえも被り物をさせるような極端な態度をとっているのである。「鳥の羽叩きやら獣のうめき声」が混じっているような薄暗がりの廊下を被り物までして歩くりん子。「助けて、助けて下さい、よう助けてよう。」と疲れたような倦るそうな声で言う気の狂ってしまった叔母。あきらめてしまったりん子は、「今に私もああなるのですよ、きっと。」と冷たい笑いを浮かべる。ここには繁尾に象徴される〈頑迷な前世代〉と、環の両親に象徴される〈新しい次世代〉という構図が読み取れると共に、〈閉じ込められた少女〉という晶子のモチーフがある。

■〈父母の不在〉のシンメトリックな逆転

では、後半の環はどのように描かれているだろう。

別人のようになるのはりん子である。幽閉されていた祖母の家から解き放たれて、「夜と云ふものが無くなって昼ばかりの世界になったやうな気がいたしますの。」と言うりん子を、君様と環はさもありなんと「哀れ」に思うのだが、環の心中はもう少し複雑である。りん子がこれから向かう大陸に私の父と母がいると言った時、環は「自分の父母はもう海の彼方になりました」と言おうとするが、未練なように思われるのが恥ずかしくて口をつぐんでしまう。つまり、後半の環とりん子の身の上は〈父母の不在〉という点でシンメトリックに逆転しているのである。この逆転が環に、親子の関係と友だちとの関係という二つの関係を見つめさせていく。

ヨーロッパへ向かう環は、君様やりん子といっしょに過ごせる嬉しさ、まだ見ぬ世界を見るという「健気な向上心」に支えられているものの、父母の手を離れて今までに経験したことのない寂しさを初めて経験している。見送られるロシア人を見ては敦賀まで見送ってくれた両親のことを思い出し、パリのホテルの庭に立つ女神の彫像を見ては母の面影を思い浮かべる。傍らに居るのが当たり前であった両親が居なくなった時、その存在の大きさを身に沁みて感じた環は、長い手紙を書いて見聞したパリの様子を両親へと告げ遣っている。離れている間に見たものを共有しようとするかのように。

パリでりん子が両親と再会する場面では、再会の気配を階下に感じながら、環は部屋で習字の練習を続けている。友の喜びを共有する気持ちより強く環の胸にあふれてくるのは、両親への懐かしさである。紛らわすように環は、「馬鹿なこと、りん子さんを羨しがって居るのだわ。」と独り言を言ってみたりする。そんな環の部屋に入ってきた君様は環にこう囁く。「環さんは今日のことを忘れてはいけませんよ。好い事をした報いの尊い事を、これから数知れずあなたは感じるでせうが、その一つの記念として覚えていらっしゃい。」君様のことばは、両親を懐かしがりながら健気に耐えている環の心中を察した上での励ましである。結末部で「あなたも帰りたくるでせう。」と問う君様に、環は「帰りたう御座います。」と正直に答え、君様は「伴れて帰りませう。早く父様や母様のお傍へね。」と言っている。巣立ちの前に、子鳥はじゅうぶんな羽馴らしをしたのである。

また、りん子との関係で見るならば、父母の不在から強いられていた前半のりん子の寂しさを、環が初めて自分のものとして感じたことになる。両親に励まされ、君様に助けられて、環がりん子を救いだしたのは恵まれた環境で育まれた「幼い義侠心」からの行動だった。りん子に「恩人」だと言われた環が「厭な方、そんな事云はないでいらっしゃいよ。」と言う場面がある。環はうまく表現できないのだが、両親と離れていたりん子の寂しさを経験した環は、他人の寂しさに本当に心を寄せることができるようになり、恩人などではないりん子との友情がもたらされたのである。

こうして、〈父母の不在〉という前半と後半のシンメトリックな逆転によって、環は親子の関係と友だちとの関係という二つの関係を見直し、日本という国をも外から眺める経験をして帰ってくるのである。

先に触れたように、作品の執筆中である明治四五年五月に晶子は渡欧している。前の年の一一月に夫寛が渡欧し、晶子は結婚してから初めて離れて暮らす寂しさを経験した。晶子が夫婦の関係について思いを深め、夫のくるしみを理会していく心の動きは、のちに小説「明るみへ」に作品化されることになる。しかし夫を追いかけて渡欧することは、同時に七人の子どもと離れることであった。パリに着くやいなや、今度は日本に残してきた子どもたちへの思いに晶子はくるしみ、結局一〇月に夫を置いて先に帰国している。寂しさを糧として晶子がつかみ取ったもの、離れて考えた夫婦や親子の関係が「環の一年間」にも反映したのである。

■理想の女性像　君様

環を導いていろいろな経験の場を用意し、その成長を見守る君様は、豊かな感情と知性、富と美を兼ね備えた魅力的な女性である。随所に源氏物語の場面が取り込まれた五章に、君様の魅力が浮かび上がる。君様の屋敷はまるで紫の上の住む六条院の春の御殿の再現のようで、そこに観桜の宴が催される。八重桜が雲のように咲き続く築山、造られた小川に沿って紫に菖蒲が咲く広い庭園。大勢の招待客に混じって歩いていた環だが、一章で幼いころの環のあだ名とされた「黄色の蝶」が、環と君様のふたりきりの出会いを準備する。「菜の花を空に散したやうに」群れている黄蝶に魅かれて、環は東屋の方に細い道を上がって行き、華やかな宴の主人公でありながら招待客の喧騒を避けているような女主人と出会うのである。金の雲が懸っているような山吹を指して、「此処に今居た蝶は、彼処の花が遊びに来て居たのかも知れませんねぇ。」などと話しかける君様の言葉を、環は「歌の言葉のやうに」聞いて夢心地であり、君様も「美くしい愛らしい環とかうして一緒においでになるのを、天上の世に居る」ように思っている。

「あなたは春が好きですか、秋が好きですか。」と君様は環に尋ねるが、これもまた源氏物語で「秋好の中宮」が言い掛けられた春と秋との競い合いを踏まえている。そもそも六条院の春の宴は、秋好の中宮へのお返事として催されたものなのだ。春が好きですと環が答えると、「私もあなた位の時は春が好きでしたよ。」と言いながら、

「私は春にある悲しい思ひをしたことがあるのです。それからは余り春が好きでもなくなりました。」と続ける君様。そこへ遠くから簫《しょう》と横笛の音がして池に船が出たことを知らせる。築山の影を逆さに映す広い池の中の島の後ろから大きな船が出て来る。船上では「紫の幕の中から、背中に大きい蝶の翅をつけて、金の冠を着た十二三位の綺麗な顔の子が十人程出て来て羅《うすもの》の長い袖を振って舞を舞ひ出」す。「胡蝶」の巻を模した宴の華やかさである。華やかなものに無邪気に憧れ、絵のようだと目も心も奪われている環は、季節で言うなら〈春〉の人なのである。その傍らで「私はあの蝶よりも先刻の黄色の蝶の方が好きですよ。」とつぶやく君様は〈秋〉の人、その寂しさはまだ環に理解されるものではない。

五章の冒頭で君様は「お年はもう四十あまりにおなりになるのですが、お美くしいものですから三十そこそこに誰も思って居」り、「良人の方がお亡りになりましてもう長い間独身」、「京都の女は皆この方のやうになりたいと云ふことを理想にして居」るような「趣味の高い慈悲の深い方」で「いろいろな慈善事業にも力を貸し」ているると改めて紹介し直されている。高い身分、美しさ、趣味の良さを兼ね備えた理想的な女性でありながらどこかに寂しい影のある人と言えば、これもまた源氏物語の貴婦人たちが連想されるが、「いろいろな慈善事業にも力を貸し」ているあたりに現代的な人物形象があり、当時の西本願寺門主の妹九条武子などを想起させるところである。ただここでは「春にある悲しい思ひをしたことがある」という君様の言葉を伏線にして、「云ひやうもない程使ひへらされたもので、蒔絵の金だけが浮上って美くしく見える」君様の扇の「身に沁む」ようないい匂いの中に、聡い環が「何とも知れない悲しい気持」を感じるということが中心になっている。

六章で君様は「小督の曲」を琴で弾いて環に聞かせ、「これをね、亡くなった方は好きでしたの。」と言う。「りん子さんの叔母さんですか。」と無邪気に問う少女に、君様は顔を赤くして否定する。君様の寂しさには身近な人の死、おそらく春に亡くなった人の思い出が関係しているらしく、作品中には二人の人物の可能性が示唆されている。一人は四章で語られたりん子の叔母で、君様にとっては「二人となかった親友」、もう一人はかなり以前に亡くなっている君様の「良人の方」である。この二人の死と対置されて七章、羽田先生の死がある。前半では一点の曇りもなく輝いていた環だが、後半の冒頭で自分を可愛がってくれていた国文科の羽田先生の死にあってうちひしがれる。身近な人を喪うという死別の経験が、環の渡欧のきっかけとして設定されていることに留意しておきたい。

■幽閉された少女を助け出す

りん子の屋敷のところで触れたが、『八つの夜』にも扱われるモチーフに〈幽閉された少女の救出〉がある。なぜこれが重要なモチーフなのか。

厳し過ぎる父母は屋根の上の火の見台へ出ることも許さなかつた。父母は娘が男の目に触れると男から堕落させに来るものだと信じ切つて居た。甚しい事には自分の寝室に毎夜両親が厳重な鍵を下して置くのであつた。（中略）自分ほど我身を大切に守ることを心得て居る女を其れ程までにせずともよいであらうに、自分の心持を領解して呉れない両親の態度をあさましいと思つて、心の内で泣いたことも多かつた。

「私の貞操観」

これは堺時代の自分の家庭について晶子が書いた文章である。娘や孫娘を幽閉し、家の中でも被り物をさせた祖母繁尾の人物形象は、「娘が男の目に触れると男から堕落させに来るものだと信じ切」り、娘の「寝室に毎夜両親が厳重な鍵を下して置く」ような晶子自身の少女期の幽閉経験に裏打ちされていたのである。両親による幽閉に苦しんだ晶子は、精神的に「『斯ふ云ふものだ』と云ふ概念」（「女子の独立自営」）に閉じ込められることも同様の苦痛として捉えたからこそ、少女を良妻賢母の枠に閉じ込めようとする風潮に激しく反撥し、「良妻賢母を作る前に立派な娘を作れ、立派な娘を作る前に立派な人を作れ」と繰り返し主張したのであった。

福沢諭吉が『女大学評論』で、不品行な女子があるのは「父母たる者、又夫たる者が、其女子を深く家の中に閉籠《とじこ》め置かざりしが故」ではなく、「籠の鳥の主義は略の最も卑近なるもの」であると批判し、「父母の行ふ所を正しくすることを第一だと説いていることが想起される。

「家庭に於て、社交に於て、男女交際に於て、一人前の娘として恥しからぬ娘を仕立てる事」を晶子は「令嬢教育」と呼び、「良妻賢母主義の教育に比べて遥に優つて居り、且又急務」であると説いている。「妻となり母となる前に」、「娘と云ふ華やかな若い時代」を充実させよというのである。そのためには「物事の善く解つた父兄や母親が白玉をあつかふ様に又修道院の尼君をいつきかしづく様に其娘を尊重し大切に育て」るのが基本で、「今の様に学校教育に任せ切りで無く、反対に家庭教育を主とし、倫理を始め学問技芸に到るまで其素地は家庭にあつて父兄の言動を見聞する間に自然会得される様にし、其補助として学校教育を受けさせると云ふ位に致したい」と言う。「学校は一年遅れてもそれだけ見聞が広まる事ではあるし、今出川の君様のやうな学識の高い方のお傍に居るのは決して悪い事ではないから」という環の父親の言葉は、こうした晶子の考え方の反映である。

「物事の善く解つた父兄や母親」に「白玉をあつかふ様に」して尊重され、大切に育てられた環は、君様に導かれて広い世界を見聞しながら、人間関係の最も基本にある親子という関係と、社会的な関係の第一歩である友人関係について考える時間を経験した。「環の一年間」は、ぐるりとめぐる一年間の「令嬢教育」の物語である。

『八つの夜』　あなたになるわたし

■綾子、八人の少女に変身する

『八つの夜』は大正三年六月、「愛子《あいし》叢書」の第四篇として実業之日本社から刊行された。単行本の表紙から裏表紙にかけて、白地の上半分ほどに横長のグレーの枠取りがされた中に影絵のように浮き出た夜の町が描かれ、満月と町の明かりが黄色を点じている。都会の町らしく、ビルや煙突の影が見える。下三分の一くらいに細筆による肉筆で「八つの夜　与謝野晶子作」と書かれている。表紙を開くと中扉には左半分に「愛子叢書　第四篇」としてタイトルと著者名が、右半分に満月の森の木にふくろうが留まった挿絵がある。薄紙をはさんで晶子と三男二女の写真が一葉。（愛子叢書にはすべて、著者と子どもの写真が入っている。）本文は二〇一ページ、一ページは二一字九行組で総ルビ、児童が読みやすい大きな活字である。定価四〇銭。章ごとに一枚ずつ入っている二色刷りの挿絵と装幀は佐々木林風。林風は新潟県出身で、東京美術学校日本画科を卒業後、帝国美術院展に出品しながら「日本少年」などの挿絵画家として「おとなしやかな少年の姿を抒情的に描」いた（上笙一郎）というが、『八つの夜』も都会的な中に抒情の漂う、上品で愛らしい装幀と挿絵である。

『八つの夜』表紙

『八つの夜』の主人公「綾子」は、一二回目の誕生日から八日の間に、八人の少女のさまざまな境遇を生きるという経験をする。先に書かれた「環の一年間」は、ひとめぐりするという字義の名を持つ「環」という少女を主人公に、その一年間が季節の移ろいに沿って描かれていたが、「綾」とは〈糸が交錯してさまざまな模様を浮き出させる薄い絹布〉という字義である。『八つの夜』は、この象徴的な名を付けられた少女綾子の上に交錯する不思議な八夜の物語として構想された。

一夜ごとに章をたてて八章からなる。最も長い四章が四〇〇字詰めで一八枚、最終章と二章が短くて七枚程度と章の長さはまちまちで、全体で一〇〇枚に少し足らないほどの長さの作品である。

五月の十五日が綾子の十二回目のお誕生日なのでした。この日から綾子は八日の間母様《かあさま》の手から神様の手へ預けられることになりました。

と『八つの夜』は書き起こされる。昼間は普通に生活をしてよい。「日の暮の六時半から翌朝の六時まで、神様は綾子にいろいろの経験をさせるために、いろいろの人に仕立てて方々をお引き廻しになる」のだという。まずは綾子が過ごす八夜について概観しておこう。

初めての夜。神様の声に従って綾子が着物を着替え、細長い棒を持ってとんとんと畳の上をつくと、綾子の目は見えなくなってしまう。綾子が変身したのは盲目で揉み療治をしている「お梶」という一三歳の少女。ひいきにしてくれる井上さんの屋敷の女中たちを揉んで路地の中の家に帰り、車夫《くるまひき》をしている父とふたりで夕食を済ませて眠りにつくと、知らぬ間に綾子は自分にもどって自宅の居間に帰っている。

二日目の夜は「木下敏子」。悪魔の家のような婦人英学校の給費生で、遠くに住む病身の母がいる。舎監の叔母や尼僧、同級生からいじめられているが、同情してくれる上級生に明日救いだされるらしいというところで眠りに落ちる。

三日目に変身したのは九十九里浜の漁師の娘「ふうちゃん」。両親と兄との四人暮らしで、得意の喉をみなに聞かせながら網を引き、とれた魚を手早く料理する働き者である。

四日目は駿河沖をゆく国際航路の船の給仕をしている「お千代」。父は死に、家には母ひとり。兄が同じ船でボウイをしている。シンガポールへ父を訪ねてゆく一四、五歳の令嬢の世話をやく。

五日目には「藤原貴子《たかこ》」という公爵の姫様。奈良の郊外にある名高い大寺の住職として迎えられ、稚児輪に結った髪を切り落とす。侍女たちは泣くが、本人は出家することを嬉しく思っている。

六日目にはよく気がつく女中の「おちゑ」。主人夫婦が留守の間、小さな二人の男の子の面倒をみてかいがいしく働き、主人夫婦もおちゑを可愛がっている。

井上家の娘「順子《なほこ》」に変身するのは七日目。最初の日に「お梶」になって揉み療治に行った家である。養生先の鎌倉の別荘から治る見込みがついて帰ってきた順子は、涙をこぼして喜ぶお梶に「病気が療《なほ》つたら沢山いいことをしてよ。」と話す。

最後の夜の変身は「おぼつかな姫」と呼ばれる少女。下半身だけ布で被われた異様ないでたちで、けものたち

（紹《せう》介《かい》）

◉八つの夜　與謝野晶子著

愛子叢書の第四編として著はされたものです。十二囘目のお誕生日を迎へた綾子といふ少女が、お約束によつて八日の間、お母樣の手から神樣の手に預けられるのが、このお話のはじまりです。それから綾子の身の上に起るいろ〱の出來事が、面白くやさしく記されてあります。この書を讀むものは、きつと綾子の境遇に引き入れられることだらうと思ひます。少女の好讀みものです。定價金四拾錢（京橋區南紺屋町、實業之日本社發行）

「八つの夜」広告文
（「少女世界」九巻八号より）

と話せる不思議な少女である。深い深い山の奥に、病気のけものを治療するお婆さんと暮らしている。そこへ絵を描きに通ってくる「東京の偉い画家」が姫をモデルに連れて帰りたいと申し出て、姫は承諾する。

　こうして神様との約束の八夜は終わる。数日後、旅行していた父の太田画伯が綾子の家へ連れ帰ってきたのは「おぼつかな姫」であった。

　各章で綾子が変身する少女の名前と家族、境遇を簡単に紹介したが、「いろいろの経験をさせるために、いろいろの人に仕立て」るという神様の意図通り、綾子が夢の中で変身する少女の境遇は実に多様である。家族構成もさまざまで、生活の場所も、東京、九十九里浜、海の上、奈良、信州の山奥と毎晩いろいろな変化を持たせている。その上で、七日目に変身する順子が、一日目に変身した目の不自由なお梶を呼んで話をする――つまり順子に変身した綾子が、以前に変身したお梶と話すという入れ子構造があり、さらに、最後の夜綾子が変身したおぼつかな姫は、数日後、夢の枠を踏み越えて現実の綾子の暮らしの中へ連れられてくるという仕掛けがあって物語は閉じられる。単に八つの短編を繋いだだけではない計算された構成であることがわかるだろう。

■「わたし」を探す旅

　八夜に共通して出てくる小道具は「お納戸《なんど》色の風呂敷包み」である。お納戸色はねずみがかった藍色で、晶子作品にはよく出てくる色。神様が用意する着替えは、いつもこの中に入っている。最初の夜綾子がそれを開くと、「紺の鼠の碁盤縞《ごばんじま》の単衣《ひとへ》が一枚と、麻の葉小紋の胴に赤い袖と襟の附いた襦袢《じゆばん》、白つぽい更紗《さらさ》のくけ帯が一つ、日和《ひより》下駄が一足」包まれており、綾子は「紫地の銘仙《めいせん》の袷《あはせ》」を脱いでそれに着替えている。季節は五月の半ばなので、綾子は袷（綿入れを脱いで初夏に着る裏付の着物）を着ているが、普段着に絹織物である銘仙を着るような暮らしであることがわかる。着替えるのは単衣（裏を付けない夏の服）で柄も労働着らしい。「お納戸色の風呂敷包み」に用意された着物は、その夜変身する少女の暮らしぶりを表していると同時に、今晩はどんな少女に変身するのかと読者の興味をかきたて、物語の中へ引き込む小道具として効果的に使われているのである。身なり、髪型、話し方など、八人の少女はきわめてリアルに描かれている。では晶子はどんな意図を持ってそれぞれの少女を形象したのだろうか。

『八つの夜』に登場する九人の少女のうち、揉み療治のお梶、漁村のふうちゃん、給士のお千代、女中のちゑの四人はすでに働いている。当時の一三歳が置かれた状況の反映であろうが、晶子が〈働く少女＝不幸〉と考えていなかったことは大事なことだと思われる。最初の変身相手に、盲目というハンディまで負ったお梶を選んだことに即して考えてみよう。

お梶が車引きの父と二人暮らしであることは先に述べた。お梶は龍江という、やはり盲目の師匠に就いて揉み療治の修業をしており、「師匠と弟子は双方から懐し相にかう云つて居ました。」と描写されるような温かい関係である。（晶子の少女小説において「懐かしい」と形容されるのは、もっとも親密な関係を指している。）龍江の老母は、龍江とは対照的にがみがみ文句を言ったり怒鳴ったりするのだが、お梶は「お人は好いので御座いますよ」と受け流す智慧があり、ひいきにしてくれる井上家の娘が病気と聞けばほろほろと涙をこぼす同情心の深い少女である。お梶の父は激しい仕事の後に夜食を用意して娘を待つし、お梶に揉んでもらう井上家の女中たちもやさしい人ばかり。では、最初の変身の相手にお梶が選ばれたのは、逆境に生きるけなげな少女だからだろうか。

同じような少女を描いた「少女あんま」（作者名よし子「少女世界」明40・3）という短編を鏡にして考えてみる。

こちらの主人公も一三歳で名は「おみよ」。父親は行方知れずで母は病気、「人様の御肩でもさすつて、いくらかゞ、のおあしを頂」こうと按摩を始めて一月余り。ある日おみよは同じくらいの年齢のお嬢さんがいる家に呼ばれ、「御両親様共揃つて学校へもいらつしやれるやうな御身分の方は、思へば御うらやましうございます。」と身の上話をして、「情深いお祖母様」に二〇銭もらって帰っていく。「怠けもので剛情」なその家のお嬢さんが「世間にはあんな不幸な子さへある」とお祖母様に言われて改心するというのが結びになっている。

一三歳という年齢も境遇もけなげさも、お梶とおみよは似ているが、おみよの〈不幸〉は当家のお嬢さんの〈幸福〉をあぶりだす役割しかしていない。それに対して晶子には、主人公の綾子が自らの恵まれていることを自覚して感謝するようにというような意図はまったくない。貧しい父子家庭で、盲目という障害を持ったお梶は〈不遇〉ではあるが〈不幸〉ではないのである。お梶は自分の人生にしっかり向き合って、凛とした姿勢で生きている。お恵みとしてではなく、働いて報酬を得ている。年季はあと二年残っており、稼ぎは七人揉んで三五銭。その中から彼女のものになるのは二〇銭という職業の仕組みや賃金まできちんと記されているのはそのためだろう。(ちなみに『八つの夜』の定価は四〇銭である。)

もう一人、働く少女を取り上げよう。女中奉公をしているちゑである。主人はちゑを「うちのマリヤ」と呼んでいるし、奥様(春子)は「綺麗な表紙の少女雑誌」をちゑに買ってくる。帰宅した春子がちゑと二人の息子を見る場面では「障子を開けて三人の懐かしい顔を見ました。」と書かれて、春子とちゑの心の通っていることが示され、四歳と一歳くらいの男の子ふたりも大変になついている。ちゑはいっときもじっとしていない。留守の母親を恋しがる子どもをあやす部屋は玩具が散らかっているが、隅まで美しく掃除が行き届いて、書斎の机の上は硯ひとつ曲がらないように整頓され、子守の合間には七輪にかけた煮物を見ている。料理もじょうずで、そら豆とわかめの汁物、イカとウドの酢の物、鰹の塩辛、山椒みそなどの夕餉を手早くそろえ、子どもたちが寝入ると縫物、洗い物の用意と休む暇なく働いている。「うちのマリヤ」と呼ばれるに価する小気味のよい働きぶりで、このあたりには晶子の主婦としての目が生かされているところだ。ちゑが、学校に行けずに辛い女中奉公をさせられている気の毒な少女ではなく、職業としてプロ意識を持って家事をしきっている様子は、この細かな家事の描写から浮かび上がってくるのである。女中奉公と言えば、小川未明の「赤い船」の主人公露子も同じで、奉公先のやさしいお嬢様に可愛がられている様子も共通するが、露子には働いている描写がほとんどないのとは対照的である。

子沢山な晶子の家ではつぎつぎに女中を雇っていたようだ。初期の短編童話「女中代理鬼の子」では、女中がひとりになって少しの間もゆっくりできない母親のために、「神様、どうぞ私の家へ女中を一人下さい。母さんの御用をみんな一人でしてくれますやうな、何でも出来る女中を一人下さい。」と幼児がお願いして鬼の子どもをもらう場面がある。失敗ばかりの鬼の子どもを助ける女中の「末」は、美文「ひらきぶみ」にも登場して「金ととの話」や「水ぐるまの唱歌」でむずかる子どもをあやしている。また詩「子守」(明42・1)には「みなしごの十二のをとめ、／きのふより我家に来て、／四つになる子の守をしぬ。」とあり、ちゑのような一二歳くらいの年齢の者も雇っていたらしく思われる。晶子は女中について不満をもらすことも度々あったが、女中奉公については、住込みの主従関係のような労働形態は古いと考えており、「毎日二時間なり半日なり彼方此方の家へ雇はれて廻つて、洗物や御飯焚や留守番やをする職業の男女が出来るのでは無い」かと述べている。(「雑記帳」)

お梶とちゑについてやや詳しく見てきたが、潮風に吹かれて大きな声で歌を唄いながら網を引く、たくましくて健康そのもののふうちゃんは作品世界に生命力を吹き込んでくれるし、往復四ケ月の欧州航路で四、五年給士を勧めれば外国語の会話もよほど自由になるそうだと語るお千代も強い意志を持つ少女である。

英学校の寄宿舎にいる木下敏子と、療養のため鎌倉の別荘にいた井上順子は閉じ込められた少女だと言える。敏子になる二章はいちばん暗い感じの章で、血の繋がった叔母でありながら陰湿ないじめを繰り返す舎監や、二言目には神を持ち出して給費生をいじめる尼や同級生が出てくるが、敏子はついに勇気を奮って「神がもつと万能のものでおありになるなら、私を助けて下さる筈です。」と言い放ち失神してしまう。敏子に同情する教師と上級生とによって寄宿舎から救い出されることが予告されて終わるのだが、生まれて初めての辛い経験に、翌朝の綾子は「昨日から十年も経つたやうな気が」するのである。〈学校〉という制度そのものに子どもを幽閉する印象を持っていた晶子の気分が反映した章のように思われる。

結核という病気によって転地先に居た七章の井上順子も、広い意味では病のために閉じ込められ、将来を諦めていた少女である。作品構成の上で一章と立場が入れ替わっていることは先にも触れた。両親（正彦、光子という名前がある）から病状と治癒の見込みのあることを聞かされた順子は、ふだんから自分を気にかけていると聞くお梶を呼んで、

（病気が治ったら）いいことばかしするつもりよ。人に品物を上げたりなどして喜ばすこと位ぢやいけないと私は思つて居るの、大きい大きいことを沢山するつもりよ。

と将来への希望を語る。たった今回復の可能性を告げられたばかりの順子に具体的な展望があるわけはないが、「あなたの目を癒《なほ》して上《あげ》る位のことをするのよ。」などと言っているから、自らが医者になって病気に苦しむ人を治療するようなことを考えているのだろうか。大切なことは、病気という黒い塊が消えて未来に光を感じた順子

が、自分だけの喜びを越えて他人を喜ばせたいと思うことである。自分の喜びを他人にも与えることによって、自分の喜びがより豊かなものになること――この心の働きが七章の主題ではないか。

　働く少女や幽閉から解き放たれる少女とは別の、夢のようなふたりの少女が藤原貴子とおぼつかな姫である。藤原貴子になる夜は「お納戸色の包み」がいちばん効果的に使われる。包みはいつもの四、五倍の量があり、「目の醒めるやうな緋綸子《ひりんず》の中振袖」が出てきて、綾子は嬉しさのあまり小さな叫び声をあげている。「胸の辺りから肩へかけては紫の藤や白藤がからみ合つて居る刺繍《ぬひ》が置いてあり」、「袖には薄紅の牡丹と樺色の紅葉《もみぢ》」、「裾は水に菖蒲《あやめ》と白菊」が刺繍され、「桃色地の綸子で、上着と同じ模様を染模様で附けた下着」、「帯は黒地の唐織《からおり》の蝶模様」うんぬんと続く豪華な衣装には、綾子も読者も胸をときめかせたに違いない。神様が触れられると髪も上品な稚児輪《ちごわ》に結われている。けれどこの豪華な衣装も、貴子姫の出家によって墨染の僧衣に更えられ、稚児輪に結った髪も剃られてしまうのである。貴子のまわりには家扶や侍女の他に多くの僧や尼がいるが、父母弟妹の影はない。貴子が「仏の加護のもとで仏道を弘《ひろ》めねばならない」と決心し、泣き伏す侍女たちを逆に可哀想に思いながら「清い仏の国の人になつた」と嬉しく思うところには、血筋の良さから門跡に選ばれた運命を自ら生きようとする意志が感じられ、人間の幸せについて考えさせられる章になっている。

　八章のおぼつかな姫にも肉親がない。姫は光るように美しい娘で動物と話をすることができ、下半身だけを布で覆われた姿で婆さんとふたり山奥に暮らしている。五月の下旬であるのに桜や藤、桃の花が咲き乱れ、滝の音が響く、泉鏡花の「高野聖」を思わせるような異界である。貴子が絵巻物の中の姫君だとすれば、おぼつかな姫はお伽噺の中の少女めいていて、牛や兎に向かって自分の両親のことを尋ねたりしている。画家のモデルになれば両親の手がかりが見つかるかもしれないと思って山をおりることに決めるのである。綾子が最後に変身するのがおぼつかな姫であり、数日後、父「太田画伯」がモデルに連れ帰った娘がおぼつかな姫であったことは先にも述べた。このことは何を意味しているのだろう。

おぼつかな姫の覚束なさは出自がわからないところから生じている。両親が誰であるのかと問うことは、「わたし」がどこに根を持ち、どこから来たのかを問うことなのである。おぼつかな姫は「わたし」探しのために東京へやってくる少女なのだ。一方綾子は、この世の中に今まで思ってもいなかったさまざまな境遇の「わたし」が暮らしているのを知らされた。神様は〈夢〉という不思議な心の働きを存分に生かして、外から「あなた」を見るのではなく、「わたし」になる経験させたのである。そうして綾子は「わたし」と向き合う。つまり二人は各々の「わたし」探しを始めるスタート地点に立ったということではないだろうか。

■物語の中の十三詣り

いま一度作品の冒頭に立ち返ってみたい。

五月の十五日が綾子の十二回目のお誕生日なのでした。この日から綾子は八日の間母様の手から神様の手へ預けられることになりました。

一二回目の誕生日に神様に預けられることは、「綾子の生れた時から母様と神様の間に出来て居た約束事であつたのでした。」と説明されている。母親から綾子を預かって、「いろいろの経験をさせるために、いろいろの人に仕立てて方々をお引き廻しになる」神様とはどのような存在なのだろうか。それが「十二回目のお誕生日」に行われることに繋がっているのではあるまいか。

五月は晶子のいちばん好きな月、一五日は京都の葵祭の日である。その五月一五日に「十二回目のお誕生日」を迎える遅生まれの綾子は、当時の数え方では数えの一三歳になる。すべての章で年齢が明記されているわけではないが、登場する八人の少女もみな一三歳と考えられる。一三歳という年齢は十二支という周期の「外れの位置」であり、また「はじまりの位置」だと言う（村瀬学）。更級日記の作者が等身大の薬師仏を造って「京にとくあげ給て、物語のおほく候なる、あるかぎり見せ給へ、と身をすてて額をつき、いのり申」した甲斐があって京都へと旅立ったのは「十三になる年」である。晶子自身も一二歳頃から源氏物語を読み始めたと書き、また自分のことを「商売人の娘で、店の事のために十三の齢から烈しく鍛はれた身体だ」（「座談のいろいろ」）と述べている。『八つの夜』に先行する「さくら草」や「環の一年間」もまた一三歳の少女の一年間を描いた作品であることは先に述べた。こうしたことから、晶子が一二、三歳を成長の一つの区切り、節目として認識していたことは確かだろう。

京都では嵐山の真言宗法輪寺に「十三詣り」という行事がある。男女を問わず一三歳の四月一三日に福徳智慧を授かりにお参りする成人の儀礼である。「難波より十三まゐり十三里もらひにのぼる智恵もさま〲」と歌われているように、江戸時代中期には近畿一円に広がっていたらしい。このとき初めて、肩あげやからあげで大きさを調節しながら、おとなと同じ本裁ちの着物を着せられる。節目を迎えて服装を改め、おとなとして生きていくのに必要な智慧を授かるわけである。

子どもを育てる親の願いは健やかに育ってほしいということに極まるけれど、そもそもが〈授かり物〉である。

子どもを守る鬼子母神や地蔵菩薩に祈るしかなかった。七五三を祝い、〈七歳までは神のうち〉と言い、むかしから人は経験的に三歳、五歳、七歳、一三歳という年齢を成長していくにあたっての節目の年として捉えていたのだろう。節目を乗り越えるのは人智の及ぶところではないから、神様（特定の宗教ではなく、汎神論的な）の力を借りるのは自然なことである。『八つの夜』の神様が母親から少女を預かってさまざまな経験をさせ、また母親のもとに戻すということは、このような民俗的な信仰を共有していた当時の読者には自然なこととして受けとめられ、むしろリアリティを持って読まれたことだろう。その意味で『八つの夜』には、物語の中での十三詣りと言う側面もあるように思われる。

文ちゃん　晶子の中の子ども——結びにかえて

晶子の童話は我が子への語り聞かせから生まれた。我が子の名前がそのまま使われ、母子のやりとりがストーリーに反映されるようすは小説『明るみへ』の一場面に描きだされている。最初の童話「金魚のお使」（明40・6）をはじめ、「女中代理鬼の子」（明41・4）、「金ちゃん蛍」（同・6）、「お留守居」（明42・12）など、語り聞かせの痕跡が作品としての魅力になっているものが多い。

一方、「少女の友」に連続寄稿の場を与えられたことで「お話」は作品として自立していく。しっかり者の「太郎さん」とおどけ者の「文ちゃん」の原型は、長男の光と次男の秀《しげる》にあったと思われるが、雑誌への連続した掲載がなければ定着することはなかっただろう。文ちゃんはその名前の通り、晶子の文章から生まれたキャラクターである。

『おとぎばなし少年少女』（明43・9）に収められた作品は、晶子の児童文学・教育に関わる業績を発掘紹介した上笙一郎にさえも「児童文学的な価値は、残念ながらそれほど高いとは言え」ないと評価されてきたが、本書では「金魚のお使」、「女の大将」、「ニコライと文ちゃん」が児童文学としてすぐれた作品であることを明らかにしようと試みた。

第一に着想のおもしろさ。「金魚を電車に乗せる」という着想の後ろには近代的な乗り物を制御する近代的な精神への肯定があり、「女の子の泣き声が軍隊を駆逐する」という着想からは弱者と強者が逆転する爽快な読後感が生まれる。ていねいな言葉遣いと効果的な擬音語も特徴である。古典への深い造詣の中で養われた晶子の人間観察は、目の前に成長していく子どもの中に人間の原型を見ることを可能にし、中世期の人間を思わせるような一途な子どもの姿は「ニコライと文ちゃん」に作品化された。これらは「おとぎばなし」と冠されてはいるが教訓的、説話的な臭いが少なく、近代的な精神に支えられており、ノンセンスな傾向の笑いを持っているのが特徴で「童話」と呼んでよい作品である。

同時期に出された小川未明の『赤い船』（明43・12）はいわゆる「芸術的童話」のきざしの第一歩と評価されているが、晶子の『少年少女』もまた、未明とは違った魅力をもった童話集として、正当に位置付けられるべきだと思われる。

『少年少女』以降の晶子童話は、手慣れた感じはするが総じて平凡なものになっていく。文ちゃんが登場する童話は一〇歳くらいまでの読者を対象としたもので、「少女の友」（実業之日本社）や「童話」（コドモ社）、「おとぎの世界」（文光堂）などの雑誌に掲載された。明治四一年から大正二年まで寄稿した「少女の友」と入れ替わりに、晶子は大正二年から九年あたりまで「少女画報」（東京社）に二九編の童話を寄せているが、文ちゃんが登場する作品はない。一〇歳から一二歳くらいのやや年齢の高い女子を意識した作品を書いたためだろう。「少女画報」掲載の作品では「馬に乗つた花」（大3・8）が印象に残り、大阪弁の会話が珍しい「霜ばしら」（大2・11）がある。

本書では、晶子の渡欧前後に書かれた「さくら草」（明44・3）、「環の一年間」（明45・1～大1・12）、『八つの夜』（大3・6）などを少女小説系統の作品と位置付けて別に論じた。当時の読者は少女小説に哀話を求め、不合理で過酷な運命の下でけなげに生きる少女、病に倒れる少女などが人気を集めていた。晶子はそうした「少女小説」について、次のように言及している。

私はまた固より其等の作物が道徳上の教訓に偏することの誤つて居ることを知つて居ますから、直接の教訓味が有るか無いかを議しようとするのでは毛頭無いのですが、現在の「お伽噺」と「少女小説」は余りに感傷主義的に書かれて居ります。空想的感激が勝つて科学的実証味が欠け、人情世事の自然に背き、不合理と残忍と悲哀とに満ちて居ます。其文章も甚しく低調賤劣なものが多いのです。経験と見識とに富み、文学的手法に優れた作家の筆に成つた最少数の作物を除いた外は、子どもを持つた上の実感も、学術の修養も、社会生活の経験も無いやうな若い書籍製造家の筆になつた作物が大多数を占めて居るのです。

「婦人の堕落する最大原因」

この随想は、日本の婦人が「独立心を鈍らせて居」ることを「堕落」だとして、その最大原因を「感傷主義に傾いた教育」に求めたもので、「お伽噺」と「少女小説」はその一例として挙げられ、冒頭に福沢諭吉とその著『女大学評論』『新女大学』の先見性が強調されている。福沢が、

男尊女卑の習慣は其由来久しく、習慣漸く人の性を成して、今日の婦人中動《やや》もすれば自から其権利を忘れて自から屈辱を甘んじ、自から屈辱を忍んで終《つい》に自から苦しむ者多し。

と看破したことが、今また少女小説なる新しい形式を借りて横行していることへの怒りが、「空想的感激が勝つて科学的実証味が欠け、人情世事の自然に背き、不合理と残忍と悲哀とに満ちて居」るという批判となったのである。

晶子自身の作品は当時のいわゆる少女小説とは違って、理解のある両親の下で少女がのびのびと成長していくさまを描き、独自の少女小説を生み出した。「愛子叢書」に執筆を求められた晶子は、一三歳の節目に立つ八人

の少女が、さまざまな境遇の中で自尊心と独立心を持って歩んでいこうとする姿を『八つの夜』（大3・6）に描き出した。この作品は晶子の少女小説系の代表作と言える。「愛子叢書」はこれまで、島崎藤村が児童文学と関わりを持つ契機になったこと、田山花袋と徳田秋声という自然主義作家を動員したことに意味があるとされてきたが、晶子の『八つの夜』と野上弥生子『人形の望』の再評価によって、叢書自体の評価も変えていかなければならない。

しかし晶子の少女小説の季節は短く、『八つの夜』以降、少女小説系統の作品を書いていない。『八つの夜』刊行の翌年、大正四年一月から晶子は総合雑誌「太陽」の「婦人界評論」欄に執筆を始め、女性問題に関する文章が増えていく。同じ四年に創刊された「新少女」（婦人之友社）には「私の生ひ立ち」（大4）と「私の見たる少女」（大5）という随想を連載し、第六随想集『若き友へ』（大7・5）には「一般の若い婦人達に――まだ女学校に学んで居る人達にも、既に家庭の主婦となつて居る人達にも――読んで頂きたい」と記している。晶子は少女たちへの思いを随想という形式で表現することを選び、大正一〇年以降はそこに文化学院での教育活動が加わったために、少女小説を書かなくなったのかもしれない。

結局、晶子が書き続けたのは文ちゃんの登場するような低学年向きの童話であった。大正一二年になって、「文ちゃんの街歩き」という童話に、晶子ははしがきのような短い章を設けて次のように書いている。

私には昔から一人のひいきな子供があります。題をさう書きましたから皆様はもう知つていらつしやるでせう。私は文ちゃんの話をするのだと思ふと自分がもう大層いい気持になつてしまひます。其が何時もの癖で、聞いていらつしやる方が面白くなくつても私一人がそれで面白くなつてしまふのですから厄介ですね。母さんのお話はまた文ちゃんのことなんでせうなんか私の子供達も困つたやうな顔をすることがありますけれども私は平気なもので、文ちやんの話をして上げますよと威張つて居ます。

「私は文ちやんの話をするのだと思ふと自分がもう大層いい気持になつてしまひます。」と晶子は言っている。現在の言葉で言うならば、文ちゃんという〈内なる子ども〉が二〇年間にわたって晶子に童話を書かせたのである。我が子への語り聞かせから始まった晶子の童話は、こうして内発的な表現の一分野として根を下ろしていったのだった。

作品篇

「環の一年間」

環《たまき》の一年間《いちねんかん》

お父様《とうさま》の古いお友達で立井と云ふ海軍の予備少将が京都ホテルでお催しになった新年会へ環《たまき》がお父様《とうさん》と母様《かあさん》と三人で招かれて行きましたのは、環の一家が京都へ移ってから丁度《ちやうど》一月《ひとつき》になる一月の十日の晩でした。母様は初めて京都でお客様に出るのだからとお云ひになって、乳母と二人がかりで環を出来るだけ美《うつ》くしく粧《よそほ》はせなさいました。環は綺麗な玉のやうな顔をした子ですから、かうしては真実《ほんたう》の天使のやうにも見えるのでした。春になったのが嬉しいと云ふ信号でもあるやうに、紅い灯を処々に点《つ》けた東山を環は時々車の幌《ほろ》の中から覗いては嬉しがって居ました。ホテルの真中の大きい玄関を入りますと、

『此方《こちら》へ。』

と云ってボオイが光った廊下を休憩室へ案内するのでした。此処は立派な西洋人が泊る処でもあるのですから、廊下の両側の厚い硝子棚の中の花電灯《はなでんとう》の下には、島田や稚児髷《ちごまげ》に結って昔風をさせた人形がいくつもいくつも立って居て目もくらむ程です。

『母様、京都のお家《うち》は随分綺麗ですね。』

と環は母様に小声で云ひました。

『ああ。』

と母様はおうなづきになりました。休憩室に居た大勢のお客様は、環の父様と母様を見ると皆立ち上って挨拶をなさるので、母様の横に添って入って行きました環も、紋附と矢絣の袖の渦巻の中へ巻き込まれて、上気したやうになって居ました。

『いい可愛《かはゆ》いお嬢さま。』

『御活溌さうなお嬢さまでいらっしゃること。』

貴婦人達はこんな事を云って居られます。

『新年はおめでたう。今年も御幸福でいらっしゃるやうにお祝ひいたします。』

愛らしい小鳥が愉快らしく花の中で歌ふやうに誰彼となしに環は云って居ました。

『ありがたう。あなたの御幸福もお祝ひいたします。』

かうお云ひになった方は、京都で一番

好い地位をお持ちになる三十位の貴婦人で、他の人が皆、君様《きみさま》とお名を云って居る方でした。

食堂の席は環が君様の隣になって居ました。それは主人の少将が君様の御様子を見てさうする方が好いと急に計った事らしかったのです。環は品よく食事をしながらその間《あひだ》間《あひだ》にはなつかしくてならないと云ふ事を知らせるやうな愛らしい目附きで父母を見るのでした。

環はふと食卓の端の方に居る自身と同し十三位の少女に目がつきました。その子は髪を唯のお下げにして薄藍色のリボンを一つ後《うしろ》につけた子で着物は黒っぽい縞《しま》のお召《めし》か何かを着ていました。こんな目立たない姿をして居るものですから、誰からも余り注意を引きませんが、目や眉のあたりの美くしさは名人の彫刻師が作ったやうな、鼻や口元は環にも優るとも劣ることはない顔です。然し環と違った処は顔に桜の花のやうな色や薔薇の花のやうな光沢《つや》を持って居ない事です。この少女を見て花などは少しも連想されません。静かな山の中の湖か夕月の光かが思はれるのです。環はその少女は自身の以前《まへ》から知って居る人であると云ふことには気が附いたのですが、急には誰と云ふことが思ひ出されません。

『林檎をおとりしませうか。』

右隣の貴婦人が環にかう囁きました時、環の胸に向う側の少女が林子《りんこ》と云ふ名であったと云ふことが光のやうに胸にひらめきました。

『ありがたう御座いました。』

林檎を皿に取って下すった人に環はかう挨拶しました。環も林子も五年前までは東京の或る区の小学校に学んで居た生徒だったのです。それは一年級と二年級と二年間だけでしたが、同じやうに級の中で勝れた学問の成績を得て居た二人は運動も好きで、学校の広場で毎日手をつないで遊んだ仲でした。白い蝶黄色い蝶とこんな仇名も取ったことがあったのです。あの林子さんが生れ変ったやうにどうしてこのめいった陰気な姿の人になったかと思ふと、環は心配で心配でなりません。早く食堂を出て久し振りの打解け話をしたいと気が気でなくなりました。君様がすうとお立ちになって席をお離れになりましたから、水桶《みづをけ》の栓が抜けたやうに紳士と貴婦人は食堂から出ました。入口に立留って待って居ました環は、一番お終《しま》ひにあたりの明るい光線を避けるやうなつつましやかな目附きをして出て来ました林子の着物の袖口の処を一寸《ちよつと》手で押へました。

『松浦林子さん。』

かうなつかしさうに環は云ひました。

『どなたでいらっしゃいますの。』

林子は顔を少し上げてかう云ひました。

『須川環ですよ。』

『まあさうでしたか。』

嬉しく思った瞬間に林子の淋しい顔にも少女《をとめ》らしい華やかな色が浮きました。

『お久し振ね。』

『さうですね。』

『よくお丈夫でいらしたことね。』

『はあ。』

何時《いつ》の間にか林子はまたもとの淋しい淋しい顔をして居ました。廊下を通るボオイが皆不思議さうに二人を眺めて行きますから、二人はきまり悪く思って休憩室の方へ向いて歩き出しました。

『わたし十三になりました。』

『さうですか、私の方が上ですわね。』

『遅生れのあなたは十四でせう。』

『よく知っていらっしゃることね。』

『お父様やお母様もお丈夫ですか。』

『はい。』

力なささうにかう云って林子は点頭《うなづ》きました。環はひょっとすると林子は孤子《みなしご》か然《さ》もなくば母のない娘になって居るためにかうなったのかと思って尋ねて見たのですが、その見当は外れました。

『あなたのお家《うち》は何と云ふ処ですの。』

『松原の西の洞院《とうゐん》。』

『おや。』

環は思はず立留ってかう云ひました。

『あなたもお近い所ですか。』

と林子は云ひました。

『同じ処ですよ、林子さん。』

『まあさうですか。』

かう云ひました林子の顔を環がふと見ますと、どう云ふわけか目には涙が浮んで居ました。

『どのお家《うち》なんですかあなたのお父様のお家は。』

『私お祖母さんの処に居るのです。』

『さうですか、松の木が門にある家が私の家ですの。』

『私はあの角の家です。』

『角のお家ですって。』

『さうですよ。』

環は生れてから今迄したことのない驚きをしました。それは林子の家だと云ふ角の大きい家は化物屋敷であると公然に誰も云って居る家だったからでした。

（つづく）

（２）

環は京都高等女学院へ都合よく転校することが出来ましたので、三学期の初めから毎日電車で通学して居ました。環はその電車の停留所へ行く間、電車から降りて家へ帰る間の二町《ちやう》程の間、何時《いつ》も薄暗い雲が胸に懸るのでした。それは昔の友の林子の居る松浦家を見て通らねばならないからでした。林子とは京都ホテルの立井少将の新年会に逢った儘でまだ再会の日が来ないのです。そればかりでなく環は七八通の手紙を近い所ですが郵便にして林子に出したのですが、それにも返事はありませんでした。林子の身の上を考へますと云ひやうもない不安と悲しみを環は覚えるのでした。父である人が外交官である以上両親とも遠い国へ行って傍に居ない事などは世の中の普通の事と思はねばならないのですが、殊に慈愛深い筈の祖母の手に友は育てられて居るのであるからとは思ふものの、化物屋敷とまで住んで居る家を人の取沙汰するのは一通りでない秘密が友の上にあるのに決って居ると環は思って居るのでした。噂などと云ふものの信ぜられないと云ふことはもとより環は知って居ますが、現在自身が唯事《ただごと》でないと云ふ恐れを屢《しばしば》抱かせられるのはその家でした。

松原西の洞院の松浦家は西洋造りですが、何時見ても窓の開いてある事はありません。その上窓には覆《おほ》ひの板が拵《こしら》へてあるのです。ある静かな夕方に環がこの家の門《かど》に立って居ますと、実に実に何百とも数へられない沢山《たくさん》の羽が擦れ合ふ音が窓々でしたこともありました。無論門《もん》も玄関口も開いてあることなどはありません。裏通りに向いた勝手とも思はれる所の戸が時々五六寸づゝ開くなどと人は云って居ました。糸の様な細い声で夜歌を歌って居る声のする時もあると云ふことでした。獣の吼えるやうな声を聞いたと云ふ人もありました。仲の善かった優しい林子がその家に居るのであるとかう思ふと、何事かなさなければならないやうに環の幼い義侠心は押へ切れない程興奮して来るのでした。それでもとにかく林子さんは新年会にも出たりするのであるし、あの時海軍大尉の叔父さんと来たと云って居たのであるから、松浦家をそれほどまで社会と没交渉なものと認めるのは間違ひかも知れない、あの時もう少し自分が聞きたいと思った事もあったのを、何故か林子さんは話したくない風だったから其儘《そのまま》別れたが、後でこんなに煩悶をするのだったら無理にでも其時話させたものをなどと思って環は溜息をついて居ました。けれどもともと快活な少女《をとめ》ですから学校へ行けばもうそんな事は思はないで、勉強もしますし、先生や友人に出来るだけの善事をしたいと云ふ風ですから、須川さん、須川さんと忽ちの内に級《クラス》の花のやうに愛されて敬はれて、自身もまた何の思ひもない少女《をとめ》になって居るのでした。また家へ帰れば父母《ちちはは》の愛の指に弾《ひ》かれる琴のやうになって、清らかな無邪気な美くしい楽音《がくおん》を立てて居るのでした。環はある時思ひ切って松浦家へ行って林子に逢って来ようかと云ふ気になったのでした。

『母様《かあさん》、先日お話ししました林子さん
　のお家へ私伺ったらどうでせう。』

と環は母様に云ひました。

『松浦さんですか。』

母様もお驚きになったに違ひありませんが、頭からあの化物屋敷かなどと云ふやうな軽佻《けいてう》な人でありませんから、かう穏かにお尋ねなさいました。

『はい。』

『急にそんなことを思ったのですか。』

『いいえ、前から思ふことは思って居たのですけれど、今日決心はしましたのです。母様のお許しを頂いたら行かうかと思ふのですわ。』

『さうですか。』

母様はかうお云ひになって暫く頭《つむり》を傾《かたぶ》けて考へてお出でになりました。

『私、あまり気になりますから。』

と環は云ひました。

『好奇心なんかで行くのではないでせうね。』

『さうですとも、母様。』

『行っておいでなさい。あの沈んだお顔をしたお子様《こさん》をあなたの力で慰めることが出来たらあなたも嬉しいでせうから。』

かう母様は口で云っておいでになりますが確に危なかしく我子を案じるお心もあるやうです。

『誰かを供に伴れて行きませうか。』

『却《かへっ》て一人の方が好いでせう。日曜日の朝からでも行って御覧なさい。』

かう母様はお云ひになりました。環はその翌々日の日曜を待ち兼ねて八時過ぎに家を出ました。表門は閉って居ると承知して居るのですが、他人の家《うち》へ勝手から行く無作法はなるべくしたくないと環は思ひまして、最初に大門の処へ行きました。それはもとより開《あ》く筈もありません。矢っ張り勝手へ廻らうとしまして四五間《けん》歩き出しましたが、ふと鉄の柵の中によく見ねば分らぬやうな開《ひら》きになってある所のあるのを環は見附けました。然《しか》し開くなどとは思懸けませんでしたが、試みに押して見ますとすうと戸は中へ向きましてやすやすと所謂《いはゆる》化物屋敷の松浦家の邸内へ環は入ることが出来ました。気味が悪いとも思ひましたが、こんなこと位を神経過敏に考へて居てはとても友一人を救はうとする事はなし遂《おほ》せるものでないと環は気を強く持ちました。町の中の邸とも思はれない程繁った森のやうな木立の下を歩いて行きましたが、またしても伸びたまま枯れてそれが土の上に長く横になって居る草などに躓《つまづ》いて環は倒れさうになるのでした。環はこんな所の土にもやはり春の初めだと思って緑色の草の葉の出て居るのを趣味のあることだと思って眺めて居ました。白い裸の人が突然目の前に現はれたと思ひましたのは、それは真盛りに咲いた一本の梅の木でした。着物の裾が少し湿り気を帯びて寒い心持を感じながらやっと環は玄関の前へ出ました。此処も開かないものと決めながら押しますと、コロクル、コロクル、コロクルと実に厭な音を立てて二つの戸は左右に開きました。この時の気味悪さはまた以前にも倍したものでした。

『お頼みいたします。』

環は我しらず慄《ふる》へ声でかう云ひました。自分でさへ聞えるか聞えぬやうな声を出して居て誰が聞き附けて来るものでもないとさう思ひましてまた、

『お頼みいたします。』

とはっきりと云ひました。其声がこだましただけで何の返辞《へんじ》もありません。環は十分《じつぷん》余りじっと入口に下を向いて立って居ましたのですが、とても人の出て来さうにないのを思ひまして顔を上げて家の中を見廻しました。此処は余り広いこともありません、六畳敷位で下には血の色のやうな更紗《さらさ》の敷物が敷いてあります。上は高い高い天井でした。朝とも思はれない薄暗い気分が漂うて居る処です。もう一度何か云はうかと思って居ましたが、其処の正面の壁に字の書いた紙の貼ってあるのに気が附きました。客の心得かとも思ってじっと見て読みますと、

須川環様、ひょっとあなたがお出で下さることがありましたなら、此処の右手の方の戸をお開《あ》けになって、其処の廊下を左へ左へとおいでになると一番奥の室《しつ》に私は居ます。私はあなたを待って居ます。

と云ふのでした。　—（つづく）—

（3）

これを読んだ環は何故ともなく身体《からだ》を慄はせました。そして暫くすると熱い涙が零《こぼ》れて出るのでした。環は今の今迄自分がりん子を訪ねて行《ゆ》くのは、来てくれとも云はぬ処へいはば押し掛けて行くのだと思って居たのですが、そのりん子は約束はしないでも自分は必ず訪ねて行くものと思って、かう書いて置いたのかと思ふと嬉しくてならないのでした。然《しか》しこの事がまた友の身の上の不安を思ふ心を一層大きくするものであった事は疑ひもありません。環はその右手の戸と云ふ処を目を上げて見ました。

『恐いことはない。』

かう独語《ひとりごと》を云ひまして、環は上へ上って開《あ》けようと戸に手を掛けました。その時中で、

『ううう、うおう。』

と云ふ声がしました。環は思はず戸の

傍《そば》を飛び退《の》きました。

『うおお、ううう。』

一層前の時より長く引いた気味の悪い声がまたしました。環はこの時ふと紙に書いて張ってあるのは真実《ほんとう》にりん子がしたことなのであらうかとこんな事を思ひました。何しろ自分が一緒に学校で習って居た時から六年程も経《た》って居るのであるから、これが今のりん子の手跡《しゅせき》であるとも嘘のだとも分りやうがないとさう思ひながら猶じっとその字を見て居ました。環は今日はこの儘帰って母様《かあさん》と相談をした方が好いとさう云ふ気になって来ました。環は下駄をまた穿《は》きまして入口の扉《どあ》を外へ押しました。

『誰だ。』

と云ふ声が突然後《うしろ》でしました。はっと思って見返りました時はもう環の身体は外へ出て扉《どあ》がばたと閉った後《あと》でした。

『誰だ。誰だ。誰だ。』

と云ふ声と交ってがたがたと云ふ音がしましたが、それきり止《や》んでまた邸の中は死んだやうに静かになりました。

環は白い梅の花の咲いた所を通って先刻《さっき》入った処から往来へ出ました。

『りん子さんにすまないわ』

かう環は独語を云って居ました。顔色が少し青くなったのは自身の物恐しさからではなく、りん子を案じる友情のためであったことは云ふ迄もありません。家《うち》へ帰った環が母様のお居間へ行って、

『母様、唯今帰ってまゐりました。』

と云ひました時、其処には大阪の親類の人が居ました。

『たまきさんか。』

かう云って後《うしろ》を振返って環をじっとお眺めになった母様は、お客様の前であるから何もお云ひになりませんでしたが、今迄心配でならなかったがよく

帰って来たと云ふお心がよく現はれて居ました。環も沢山お話があると云ふやうに母を見てそれから自身の間《ま》へ入りました。その日の夕飯の後で母様は何時ものやうに洋琴《ぴやの》を弾いて父様《とうさん》にお聴かせになりましたが、

『環は今日何処へ行ったのだ。』

かう父様が環に小声で云っておいでになるのが耳に入《はい》ると直ぐ洋琴《ぴやの》をやめて
『その事でお話があるのですよ。』

と父様にお云ひになりました。

『どんな話だ』

『母様、りん子さんの話をお父様に申し上げるのですか。』

と環は云ひました。

『ああ、私が云ひませう。』

と云って、それから母様は環とりん子との小《ちひさ》い時のこと、今年の正月に京都ホテルで久々逢ったこと、その時のりん子は青ざめて陰気な少女《をとめ》になって居たこと、その祖母の家だと云ふ処がこの町の松浦家であると云ふことなどをお話しなさいました。

『りん子さんはお祖母さんと居るのかい。』

『其処においでなんです。』

『ふふん。』

と云って父様は首をお傾《かたむ》けになりました。

『お父様、今日私はその家《うち》へ参ったのです。』

と環は云ひました。

『余り環がりん子さんの事をお案じしますから遣って見たのです。化物などが家の中に居る筈はないので御座いますから。』

と母様はお云ひになりました。

『それはさうだとも。』

『どうだったの環さん。』

母様は環の語るのをうながすやうにかうお云ひになりました。

『お家《うち》へ入ることは入ったのですが私はりん子さんに逢ふ事が出来なかったのですよ母様』

環の目から涙がはらはらと零れました。

環は父様と母様に今日松浦家であった事を残らず話しました。字を書いて張った人がりん子さんかどうか分らなかったから帰った事も云ひました。

『ううと云ったのは無論犬さ。』

と云って父様はお笑ひになりました。

『りん子さんの外にあなたの名を知った人はないぢゃないか。』

かう母様はお云ひになりました。

『さうでしたのね、母様。』

かう云った環は、今日あの家の玄関から引返して来た事がまた残念でならなくなりました。

『けれどいたづら者があって、右へ右へ来てくれと書いてあるのを、左へ左へ来てくれと書きなほさないものでもないからなあ。』

とお父様は重味のある声でお云ひになりました。

『さうで御座いますね。』

『どうしたらいいのでせう。』

と環は少しおろおろ声で云ひました。

『なあにこれはおまへの勇気だめしになる事だ、是非どうかして行ってりん子さんをさう云ふ気の毒な境遇から救ひ出さなくてはいけない。』

と父様はお云ひになりました。

『はい。』

と環は云って居ました。それから母様が風《かぜ》をお引きになったり、また友達の家へ行かなければならぬ事がありなどして、松浦家の鉄の門をまた環の入って行ったのは三月の第二の日曜でした。木立の中には連翹《れんげう》の花が通る人の袖が染まる程黄に色よく咲いて居ました。鶯も啼いて居ました。今日はどんな事があってもと云ふ覚悟を決めて来た環は気持も軽々と化物屋敷と云はれる家の庭を歩いて居るやうでもなく面白い公園の中でも歩くやうに思って行くのでした。環は玄関でもう案内を乞ふことはしないで、入るとすぐりん子のしらせの文が張ってあった正面の壁を見たのでしたが、そんな紙は跡方もなくて、其処には大きい時計が掛って居ました。その時計は朝であるのに二時の処に針がありました。

（4）

そんな事のある位で環はもう驚かない覚悟をして居るのですから、長く考へず直ぐこの前犬の吠える声のした右の戸口に近寄りました。丁度その時戸口が中から開きまして異様なものが出て来ました。これには環も思はず、

『あら。』

と声を立てました。身のたけは環より一二寸大きいと思はれる姿で、足には草履《ざうり》を穿いて居ますが顔がありません。頭があるのですがその上から両方へ三四尺垂れた被《かぶ》り物をして居ます。ひだの深くなった何処かに目の処が開いて居るのでせうが、外からはとても見えません。

『りん子さんにお目に懸りたくって私参ったのです。』

と環ははっきりした声でその人に云ひました。そして一歩後《あと》へ下って身構へをして居るのでした。その人の頭らしい処は点頭《うなづ》くやうに下へ何度も動きました。

『りん子さんのお部屋を教へて下さいませんか。』

かう云ひますと、その人はくるりと戸の方を向きました。環は随《つ》いて来いと云ふのであらうと思ひましたから、二三尺間《あひだ》を置いてその人の歩き出した廊下を後《うしろ》から行きました。

『あなた、りん子さんぢゃないのですか。』

ふと胸に浮んだものですから、環がかう云ひますと、その人は手を上げるやうにして首を横に振りました。

『りん子さんでせう。』

『そっと。』

とその人は云ひました。被りものの中で云って居るのですから、りん子の声であるか、さうでないかがよく分りません。鳥の羽叩《はばた》きやら獣のうめき声が薄暗がりの廊下の空気に交って居るやうにも思はれますが、その外《ほか》には奇怪な事も何もありません。ふと先に行く人は立ち留って、

『そっ、そっと。』

とかう云ひまして、自身が足を上げて忍び足で歩く風《ふう》をして見せました。環はその通りにして行きましたが、戸の中から夜のやうに灯《ひ》の光のさして居る室《しつ》が其処にはあるのでした。

『助けて、助けて下さい、よう助けてよう。』

と疲れたやうな倦《だ》るさうな声で、その隣りの間《ま》からするのが環の耳に入りました。はっと思ひましたが聞く事も出来ないものですから、気の毒さうに其戸口を眺めて通りました。もう二十分位費《かか》って歩いたかと思ふ廊下の曲り曲りした一番奥の室の戸を前の人は開けるかと思ふと飛び込むやうに中へ入りました。環も続いて入りましたが、その時はもう前に入った人が異様な被り物を頭から下《おろ》して居ました。

『やっぱりりん子さん。』

環は喜ぶやうな、安心したやうな溜息と一緒にかう云ひました。

『たまきさん。』

と云っただけで、りん子は袖を顔に当てて泣き出しましたが、直ぐ又顔を上げて、

『何からお話したら好いか分りませんわ、あんまり云ふ事が沢山で。』

『だけど云って頂戴な、私覚悟して来たのですから。』

『どんな覚悟。』

『あなたをお助けして此処からお出ししたいって。』

『駄目です。』

とりん子は首を振りました。青醒《あおざ》めて見える事は京都ホテルの灯の影で見た時よりも一層甚《はなは》だしいやうに思はれました。

『お祖母さんはどんな方なんですか、どうしてこんな普通ぢゃないお暮しをしていらっしゃるのですか。』

と畳みかけて環は聞きました。

『それだけを云ひますとね、お祖母さんはね、昔ね、私の父様の姉さんの若かった時にその大事の子を死《な》くした人なのです。』

『まあお気の毒ね。』

『それでね、だんだん当り前の方ぢゃなくなったの。』

『あなたのお父様はそれを御存じなんですか。』

『いいえ、それがひどくなったと云ふ事は知らないのです。外交官で早くから遠くへばかり行って居るのです

から。』

『あの助けて欲しいと云っていらしったのはあれは誰方《どなた》ですか。』

ふと胸に浮んで環がさう聞きました。

『あれは叔母さんです。可愛相な叔母さんです。気が間違って居るのです。お祖母さんが叔母さんをああなすってしまったのです。今に私もああなるのですよ、きっと。』

りん子は顔に冷い笑ひを浮べてかう云ひました。

『そんな事があってはなりませんわ、りん子さん。』

『でもさうなる運命なのよ。お祖母さんは気違ひではないのです。唯ね、大切な女の子を死なせたので、また外《ほか》の身内《みうち》も死ぬと大変だ、それを防ぐのにはかうして世間の人とは離れた暮しをして行くのが一番好いとさう思っていらっしゃるのです。廊下を歩くだけでも人が透見《すきみ》をするといけないからと云って、被り物なんかさせられるのです。』

『だれもお祖母さんに忠告する方はないのですか。』

『ありませんわ。もう二年でお父様が帰っていらっしゃると思ひますから、その時を待つばかりですのよ。』

かう云った時、りん子はまたはらはらと涙を零しました。

『あの海軍の叔父様は。』

『あれはお母さんの従弟《いとこ》の叔父さんなんですから、お祖母さんの事なんかくはしくはお知りにならないのです。』

『でもよく新年会にあなたが出られましたわね。』

『それは叔父が頼んでくれたからですが、それ位では許してくれなかったのですが、唯一人世界の中でお祖母さんの尊敬して居る方がありましてね、その方があの会に出ていらっしゃるって叔父さんがお話しなすったものですからよかったのですわ。』

とりん子は云ひました。

『その一人の方って、まあどんな方。』

『あの今出川の君様ですよ。』

『あの君様をお祖母さんは御存じなのですか。』

『ええ。』

『まあ。』

『どうしたのです、環さん、そんなにびっくりなすって。』

『いいえ、私ある事を考へたのですわ。』

『どう云ふこと。』

『いいえね、君様があなたを助ける神様になって下さるかと思ふのです。』

環は自信のある事としてかう云ったのでした。その日の昼前に家《うち》へかへりますと、今出川の君様からお花見の御招待があったと母様が云っておいでになりました。


（つづく）

（5）

今出川の君様と云ふ方は身分の高い方で、お年はもう四十あまりにおなりになるのですが、お美くしいものですから三十そこそこに誰も思って居ました。この方は良人《をっと》の方がお亡りになりましてもう長い間独身《ひとりみ》でおいでになります。趣味の高い慈悲の深い方で、京都の女は皆この方のやうになりたいと云ふことを理想にして居ました。いろいろな慈善事業にも力を貸しておいでになるのです。環は君様のお邸の広い庭の八重桜の雲のやうに咲き続いた築山《つきやま》や、小い流のつくられた渓《たに》に早い菖蒲《あやめ》の花の紫に咲いて居る処などを、園遊会に御招待を受けた大勢の人に交って見て歩きました。君様のお好みで特別にお邸へお呼びになった大原女《め》は黒い着物に赤い襷の結目を左の肩先でちょんと作った風流な姿で、髪の上に白い手拭をばらりと掛けて、菓子や果物を箱に入れたのを頭に載せて、休んで居る客の処へ運んでくるのでした。松と桜の間にある東屋《あづまや》の傍に、菜の花を空に散らしたやうに黄色の蝶が群がって居るものですから、環はわれしらず外の人と離れて細い道に段のやうになった石を上へ上って行きました。

『須川さん。』

かう云ふ声が東屋の後《うしろ》でしまして、其処へ出て来た人は主人の君様でした。

『あら。』

と云ひました環は一足後へ身を退きました。来ては悪い処へ来たのではないかと思ったからです。ぱっと赤くした顔を可愛《かはゆ》く思って君様は御覧になるのでした。

『蝶が居ますから来てみたのですよ、あなたもさうでせう。』

と君様はお云ひになりました。

『さうですの、あんまり綺麗ですものねえ。』

気が落ち着くと直ぐ環は例の人なつこい調子で、嬉しさうにかう云ふのでした。可愛くお思ひになる君様は、

『あんまり綺麗なのですものねえ。』

と環の言葉と同じ言《こと》をお云ひになりましてお笑ひになりました。君様のお口へお当てになった銀地の扇に桜がはらはらと花びらを零しました。

『綺麗ですこと。』

と思はず環は云ひました。君様は環の傍へお寄りになりまして、肩に片手を

お掛けになって、

『彼方《あちら》を御覧なさいな。』

とお云ひになって、横向ふに見える少し大きい丘の中腹を指差しなさいました。

『まあ山吹。』

『金の雲が懸って居るやうですね。』

『はい。』

『此処に今居た蝶は彼処《あすこ》の花が遊びに来て居たのかも知れませんねえ。』

『はい。』

君様のお言葉を歌の言葉のやうに思って聞きながら夢の中の心持で一重《ひとへ》山吹の咲き乱れたのに環は見入って居ました。君様もまた美くしい愛らしい環とかうして一緒においでになるのを、天上の世に居るのではないかなどと思っておいでになるのでした。柳の枝が風に靡《なび》いて前で組んだ環の手の上へ冷い露をはらはらと零《こぼ》したので、環は我に帰ったやうになりました。

『中へ入って腰を掛けませう。』

と君様はお云ひになりました。環は君様と一緒に東屋の中の青磁の腰掛に身を下しました。

『あなたは春が好きですか、秋が好きですか。』

と君様はお云ひになりました。

『春が好きで御座いますわ。』

と環は云ひました。

『さうでせうね、私もあなた位の時は春が好きでしたよ。』

『唯今は。』

『私は春にある悲しい思ひをしたことがあるのです。それからは余り春が好きでもなくなりました。』

かう君様が云っておいでになる時、遠い処から簫《せう》の笛と横笛の声が聞えて来ました。

『池へ船が出たのですよ、池の見える処へ行きませう。』

と云って、君様がお立ち上りになったものですから、環も嬉しさうに目を耀しながら君様と一緒に山のもう少し上った処に建ってある茶室めいた処へ行きました。此処は八畳と六畳の二間続きになって居ます。光った縁側には緑色の縮緬《ちりめん》の座蒲団が五つ六つ並べられてありました。下の広い池は山の中の湖のやうに澄み切って見えるのでした。彼方此方《あちこち》の築山の影が逆さに水に映って居ます。

『船が廻って来ました。』

と云って君様の御覧になる方を見ますと、池の中の嶋の後《うしろ》から大きい船が一つ出て来ました。絵のやうだと環は思ひました。船の紫の幕の中から、背中に大きい蝶の翅をつけて、金の冠を着た十二三位の綺麗な顔の子が十人程出て来て羅《うすもの》の長い袖を振って舞を舞ひ出しました。此処からは木や何かで見えませんが大勢の人が喝采をする声や拍手する音が賑はしく聞えました。

『こんな面白い事を見た事は御座いませんわ。』

と環は云ひました。

『でもね私はあの蝶よりも先刻《さつき》の黄色の蝶の方が好きですよ。』

と君様はお云ひになりました。舞の手は次第に急になって来ました。その袖が池の水に映るのも美くしい見物《みもの》でした。あらい矢絣の着物を著《き》た小間使《こまづかひ》が茶と菓子を持って来ました。君様がお茶をお飲みになる時横へお置きになりました扇にふと環の目は注がれましたが、その黒塗の骨は云ひやうもない程使ひへらされたもので、蒔絵の金だけが浮上って美くしく見える物です。君様のお持物としては不思議な気のする物ですが、何か理由《わけ》のある扇であらうと環は思って居ました。茶椀を下へお置きになる時、君様は環が扇を見て居るのに気がお附きになりました。

『この扇を見せて上げませうか。』

かう君様はお云ひになりました。

『はい、どうぞ。』

『古いのです。』

なつかしさうにかうお云ひになりまして君様は扇をお膝の上でお開けになりました。銀地に藤の花が描いてある横に細い字で歌も書いてありました。

『御覧なさい。』

と云って、君様は扇を環の手にお渡しになりました。善い匂ひが身に沁むやうに思ふ扇でしたが、何とも知れない悲しい気持も環に起らないでもありませんでした。春に悲しい思ひをした事があったと先刻《さつき》君様のお云ひになった話に必ず関係のある扇であらうと敏《さと》い環の心は合点して居ました。

—つゞく—

（6）

環が君様に哀れな松浦りん子の話を申し上げましたのは、お花見の会ののち二度目に今出川のお邸へ行った時の事でした。君様のお居間の庭に態《わざ》と作られた卯木垣《うつぎがき》が雪のやうな花をつけて居ました。加茂あたりで昼も啼くほととぎすがありました。

『それであなたはりん子さんをどうして上げたいとお思ひになるの。』

と君様はやさしくお問ひになりました。

『助けて上げたいので御座いますわ。』

環は躊躇《ためらは》ずにかう云ひました。

『さうでせうね。』

君様は嬉しい答を聞いたと云ふやうにかうお云ひになりました。

『けれど私だけの力ではまゐりませんから。』

『それで。』

『あのう、君様にお願ひいたしますの、どうぞりん子さんを助けて上げて下さいませ。』

環は顔を赤めてかう云ひまして、黒い瞳をかがやかせて君様は何とお云ひになるかと待って居るやうでした。

『出来るだけのことをして見ませうよ、可哀さうなりん子さんは私に二人となかった親友の姪ですものね、環さん。』

『はい。』

環は嬉し涙をはらはらと零しました。

『あなたは親切な心ね。』

とお云ひになって、君様も白い柔いはんかちで目をお拭きになるのでした。

『君様は私よりもっと親切でいらっしゃいますわ、私がお話してすぐさうしてやらうと仰しゃるのですもの。』

と環はまた子供らしいことを云ふのでした。

『あなたの思ふのはかうなんでせう。私に繁尾さんと云ふあのお婆さんに説得をさせようと云ふのでせう。』

『さうですの。』

『私が十分確かな受け合ひをあなたにしないでは、あなたの勇気に対しても恥《はづか》しいからきっとりん子さんを助けおほせると云って置きませう。これで安心が出来ますか、私のやうなものだけれど。』

『それ程安心なことは御座いませんわ。』

『思ふやうに行けば好いがねぇ。さうさうそんな弱いことは云はん約束でしたわね。大丈夫です、大丈夫です。』

と君様は、お云ひになりました。環はもう余りくどくお願ひする必要もないと思ひまして、それからは外の話をするのでした。

『あなた音楽が好きですか。』

『はあ。』

と云った環は観桜会の時の船の楽《がく》のことを思ひ出して居ました。

『琴をお弾きになるの。』

と君様はお尋ねになりました。

『まだ下手で御座いますの。』

『でもお聞かせなさいな。私も弾きますから。』

と君様はお云ひになりまして、小間《こま》使《づかひ》に琴をお出させになりました。島田に結った小間使の抱へて横にしました琴の紫の錦の袋はとかれました。水色の糸の十三弦は空の天の川のやうに目に涼しいのでした。君様は小督《こがう》の曲をお弾きになるのでした。

『これをね、亡くなった方は好きでしたの。』

と君様はお云ひになりました。

『あのりん子さんの叔母さんですか。』

環はかうお尋ねしました。

『いいえ、さうぢゃないの。』

とお云ひになりまして、君様は少し顔をお赤めになりました。環は君様の良人の方のことであるとやうやく分りましたが黙って居ました。もう一度りん子さんのことをお願ひしまして、君様に、

『きっと手紙か何かでいいおしらせをあなたにします。そのうち来て見て下すっても宜しい。』

と云って頂いたので、何時もよりも一層嬉しく思って家《うち》へ帰りました。丁度《ちやうど》十一日目の雨のふる夕方でした。君様のお美くしい字の手紙を環は受け取りました。

お約束のことを早くし遂《と》げたい、神様の子のやうなあなたに早く安心をさせたいと思ってばかり居ました。がやうやく今日そのことについての光明を見出しましたからおしらせします。初めから三度私は繁尾老婆に逢ひました。初めからりん子さんのことを云ひ出すのは得策でないと思ったものですから、初めの日は昔の話ばかりして居たのです。私にもなつかしい昔のことを話しますと陰影《かげ》の多い老婆の顔にも甘い涙がかかるやうでした。死んだ人は神に助けられて却《かへつ》て幸《さいはひ》な天国の花園に居ると、かう思はせるやうなことを廻り道に一日話して帰りました。

二度目に行きました時は世間と云ふものは何も老婆の思って居るやうな恐いけはしいものではない、運命と世の中とは別物であることなどを私は云ひました。これには少し心の和ぎかけた老婆もまた反感を起したやうでしたが、さうばかりでない心のひらめきも確かに私は認めたものですから、私はその日も無駄でなかったのを喜んで帰りました。三度目の今日の朝私が行きました時、廊下でりん子さんを見かけました。いつかあなたが見たと云ふ怪しい被りものなどは、今日はもうして居なかったのです。それも幾分《いくぶん》光明の方へ近づいたことと私の心は気付きました。

私は今日何を云ったとお思ひになります。

『私はお願ひがあって来ましたの。』

『まあ君様が私どもなどに。』

『是非聞いていただきたいのです。よろしう御座いませうね。』

『承りますとも。』

『私ね、洋行をしたいと思ひますの。』

『何方《どちら》へ。』

『欧州の方の国を廻って来るのです。それでもう一人侍女《こしもと》が欲しいのですの、あなたに十四位のお孫さんがある筈《はず》ですから、その方を私に今年中貸して下さい。』

と私は云ったのです。

『お安いことで御座います。』

とうっかりとでせうか老婆は云ひました。私はこれでかちどきを上げて帰らうと思ひましたが、

『いろいろ教へて置きたいこともありますから、今から邸へ伴れて行きます。』

かう云って伴れて来たのです。環さん。松浦りん子さんを。

君様のお手紙はこんなのでした。


（つづく）

（7）

仏国巴里ニテ

七月の初めの水曜日の朝、ウラジホストック港に着いた露西亜《ろしや》汽船の一等の乗客として多くの外人の目を引いたのは、三十歳余りの貴婦人と、十三四歳の美くしい二人の少女と、附人の男が二人、女が二人の一行でした。この貴婦人は京都の今出川の君様で、少女は環とりん子なのです。環がこの一行に加はったのについては種々《いろ〱》な事情があったのです。環の女学校の教師で、全校の国文科の受持の羽田《はだ》先生と云ふのが、僅《わづか》五月《いつつき》余りの事でしたが非常に環を愛しておいでになったのです。この先生は六十近い老人で実に好い人でしたから、環も十年も馴染んだ先生の様に思って慕って居たのでしたが、六月の梅雨に入った初めの雷の鳴る日の事でした、羽田先生は学校の帰りに歌の会のある家へ寄って、其処から出て乗った車の上で脳溢血を起されたのです。翌日の羽田先生はもう黄泉《くわうせん》の客になって居られました。全校の教師も生徒も皆悲しみに萎《しほ》れて居ました中にも、環は身体に障《さわ》りはしないかと思はれる程、日が経っても泣いて計《ばか》り居るものですから、環の母様は父様に、今出川の君様の外遊せられること、松浦りん子がそれに加はって行くことなどを話しまして、環も一緒に洋行をさせてはどうであらうと云ひ出したのでした。

学校は一年遅れてもそれだけ見聞が広まる事ではあるし、今出川の君様のやうな学識の高い方のお傍に居るのは決して悪い事ではないからと父様もお云ひになりまして、そして君様のお許しを得た両親がその事を環に伝へました時、環は夢ではないかと幾度も思ったのでした。環はこれから先き見て歩く世界の事などはまだ芝居の上らぬ幕のやうな心地で、想像して見る事も出来ないのでしたが、唯なつかしくお思ひする君様と、好きな好きなりん子と離れずに一緒に来年の三月頃迄居られると云ふことばかりが嬉しくてならないのでした。父母《ちちはは》と別れて行く事は人一倍辛い事には違ひなかったのですが、健気な向上心に富んだ少女《をとめ》はそれも素

知らぬ程に押へて居ました。船が桟橋へ着いてもまだ税関吏の荷物の検査、三等船客の検疫などがあってなかなか降りる事が出来ません。君様の一行は上の甲板の談話室で茶を飲んで居るのでした。茶と云ふのは紅茶ですが露西亜の紅茶は牛乳を入れずに唯砂糖を交ぜて、レモンの薄く切ったのを浮《う》けて飲むのです。

『夜が少し早く明けたでせう。日本に居るよりは。』

と君様がお云ひになりました。

『私はかうしてお供して参るやうになりましてからは、夜と云ふものが無くなって昼ばかりの世界になったやうな気がいたしますの。』

と云ふのはりん子でした。化物屋敷と云はれるあの陰欝な松浦家に居ては全く昼のない国に居るやうなものであるから、さう思ふのに無理はないと君様は哀れにお思ひになりました。

『真実《ほんとう》にさうでせうね。』

と環は云ひました。環も君様のお思ひになるやうな事を思って居るのでした。

『君様。私の時計が一時半の時に今朝はもう明るくなりましてございます。まさかさうではなかったのでございませうか、おやおやもう十一時半。駄目な時計でございますこと。』

と銀の時計を出して眺めながら云ふのは小間使の初《はつ》でした。

『おまへは時計を何処《どこ》へ置いておいたの。』

『あの、机の上へ置きまして臥《ふせ》りましたのでございます。』

『だから小い時計は器械が狂ふのですよ。懐《ふところ》に入れて居るよりも時計自身が机の上では船の震動を沢山感じるからね。』

と君様は説明して聞かせておいでになりました。

『環さんはどんな気持ですか。』

と君様はまたお云ひになりました。

『悲しいのではないのですが少し妙な気持がいたします。』

環は顔を少し赤めてかう云ひました。

『さう。』

かうお云ひになって君様は環の肩に手を掛けて顔を覗くやうにおしになりました。

『もう船を降りますと外国ですから。』

『さうさう、あの大陸の端を踏むのですものね。誰だって変な気がしますのね。』

と君様はお云ひになりました。

『その大陸には私の父と母が居ります。』

とりん子は云ひました。京に居た頃のりん子とは別の人のやうな快活な風に見えます。自分の父母はもう海の彼方《あちら》になりましたとこんな事を環は云はうとしましたが、未練なやうに思はれるのが恥しくて口をつぐみました。家扶《かふ》

の山口が来て、戸の処に直立して、

『唯今荷物の方も済みましてございますから、そろそろ御降船遊ばして宜しうございます。』

と言いました。

『御苦労。』

と君様はお云ひになりまして、それから二人の少女に、

『行きませう。』

とにこやかにお云ひになりました。

『ジャポネイ。ジャポネイ。』

波戸場《はとば》にこの一行を見に集っていろいろなことを云ふ人の中には支那人も朝鮮人もありました。君様は鼠色の絽の紋附、二人の少女は白地の絽友禅に江戸紫の袴、初と俊《とし》はお納戸《なんど》の矢絣の透《すき》綾《や》を着て居るのです。家扶達は洋装です。三台の馬車に乗ってホテルへ行くのでしたが、この馬車は幌馬車で、御者は皆たぶたぶの赤服を着て居ます。浦塩《うらじほ》の街は山腹を這って出来て居るのですから、馬車もさう早くは走りません。日本の七月とは違って四月の初め頃程の風も吹いて通ります。何時の間にか港が遥か下になって、先刻《さつき》まで居た船がおもちゃのやうに見えるのでした。一行はホテルで御飯を済してから湯に入りまして、それから少し厚い着物に着更《か》へました。また阪の街を下へ下へと来てシベリヤ鉄道の停車場《すていしよん》へ来ましたのは五時頃でした。本国へ帰る露西亜人などが大勢の人に送られて来て居るのを見て、環は京都の七條駅で見送りの人達に別れた時の悲しさがまた新《あらた》に思ひ出されるのでした。その時はまだ敦賀まで送って来て下すった父様や母様が自分と一緒に居たと思ふと、俄に傍《かたはら》寂しい気にもなるのでした。五時四十分に汽車は動き出しました。一等室は二人詰なのですが、君様の思召《おぼしめし》で、君様と少女の二人は一つの室、初と俊が隣の一室、家扶が二人でその隣の室に居ることにお決めになりました。机が窓際にありまして、その向ひに椅子が一つ、一方は長い腰掛になって居るのです。その前の鏡の戸の中は化粧室です。洗面器に附いた二つの管から水が出ますが、下の捩《ねぢ》をしないと水が何時迄も溜りません。君様お一人は食事を室《しつ》へ運ばせておしになることになりましたが、環とりん子と二人の侍女などは食堂へ出ることにしました。食堂の男女の目は皆この可憐な少女に集りまして物を言ひたげにし

て居ました。食卓に差してあった鈴蘭の花を環は貰って帰りましたが、
『この花はお亡《かく》れになりました羽田先生のやうな気がいたします。』
と君様に云って居ました。

―（つづく）―

（8）　仏国巴里ニテ

巴里《パリイ》へ来て十一日目に父様と母様へ書いた環の第三信はこんなのでした。

お父様もお母様もお変りがありませんか。君様は一昨日迄ルイ家に御滞在なさいましたのですが、昨日の朝このボオセエジウルのオテル、ド、ボアと云ふ家へお移りになりました。お借りになりましたのは二階の五間と三階の三間です。此処も巴里市の中《うち》ではありますが、もう殆ど郊外と云っても宜《い》い程なのです。ブロオニユの森とは道が一筋隔たって居るだけなのです。シヤトウと云って昔沢山あった小《ちひさ》い城の一つが宿屋にされたのださうです。門を入りまして植木の両側にある敷石の路を五間《けん》程歩きますとまた中門があります。其処には門番の住んで居る処があるのです。また其中は庭でマロニエの木がちりちりに十二三本立って居ます。下は芝原で銅像が六つあります。皆女の神様にしてあります。その中に羽のある子供の肩を押へて立って居るのは母様に似た処があるやうに思ひます。その正面の石段を上って行きますと玄関があります。玄関の奥の二間程の幅の廊下は大理石で出来て居ますから清々《せいせい》とした気持を覚えます。梯子段もいろいろの石を交ぜてモザイクのやうにしてあります。十二段上りますと足休めの処があります。其処の大きい窓から今の銅像のある庭がよく見えます。また右を向きますと十二の段がありまして、上りますと下の廊下と同じ長い廊下が見渡されるのです。右から三つ目の戸の中が私とりん子さんの部屋に戴いた室《ま》です。戸は両開きの木地のままの戸です。向うに窓が二つあります。一丈程の高さの窓には白茶地に花輪の模様のあるレエスが垂れさせてあります。下に敷いた絨緞は桃色地でトルコ模様のあるのです。唯の椅子が三つと安楽椅子が二つと長椅子が一つあります。どの椅子を張ったのもオリイブ地の織物で安楽椅子にはその

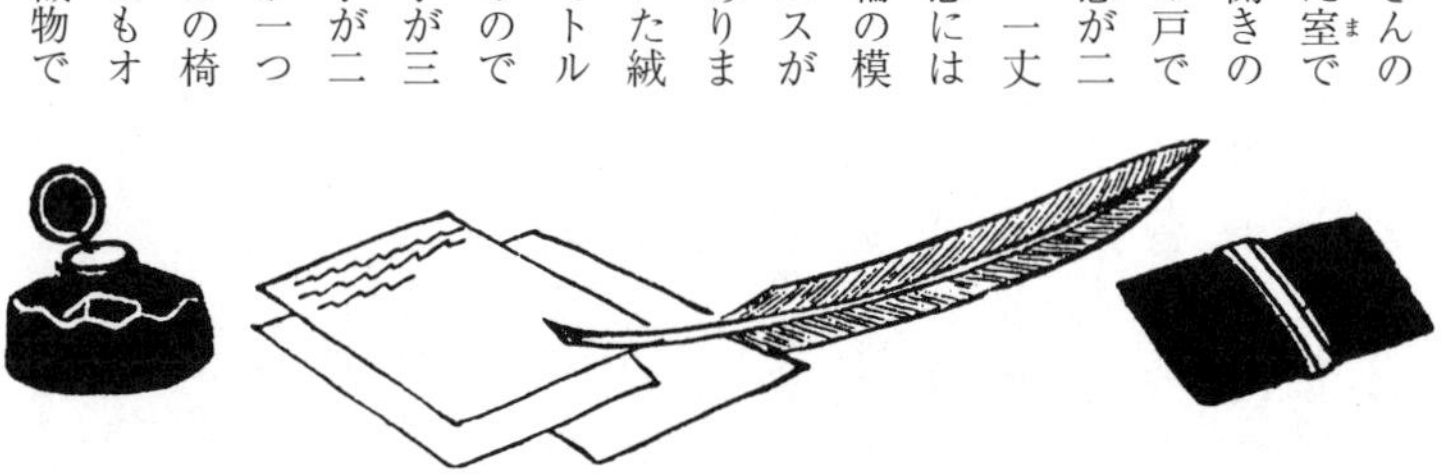

上にまた白い美くしいレエスが掛けてあります。窓から外を見ますと広い裏庭が目の下にあります。アカシヤの遅咲で白い花を風に動かして立ったのもあります。虎の尾と日本で云ふ花によく似た紫の花が沢山地には咲いて居ます。直ぐ左にある立派な古い建物は坊様の学校ださうです。それからまた君様は三階の御学問所の隣の一室を私等の勉強室に下さいました。此処は表庭の方に窓が附いて居ますが、高いので下の庭よりも向ふのブロオニユの森の方がよく見えます。此処は八畳程の室《ま》で床は網代形《あじろがた》の木で張ってありまして、椅子も飾りのないのが二つ、机が二つ、書物棚が一つあるだけです。これで私の居ます処のお話は済みましたから前に戻って見物しましたところどころの事を申し上げます。巴里の街の西の入口に近い処にエトワルと云ふ辻があります。それは幾筋かの街筋《まちすぢ》が皆其処へ来て一つになって中心が出来て居る形が星の様であるからださうです。其真中に西向きの凱旋門が建って居ます。立派な彫刻のある美くしい大きい門です。ナポレオンが伊太利《イタリイ》の戦《いくさ》に勝って帰った時に国民が建てたのださうです。その正面に東へ附いた大きい通りがシヤンゼリゼイイと云ふのです。極楽の道と云ふ名ださうです。街幅が六十間《けん》もありませうか。世界第一と名高い並木の道です。真中の車道はコンクリイトで固めた道です。両側の並木は二重になって居ます。その並木の間が随分広くて花壇なども出来て居ます。噴水もあります。ベンチなども置いてあって公園かとも思はれる程です。子供が何時も大勢遊んで居て歌の声が絶えないやうです。其道を十五六町行きますとルウブル宮に突当ります。このお宮は昔皇帝の居られた処です。お庭は公園にせられて御殿は美術館になって居ます。噴水の大きなのがあります。私達は君様と御一緒にこの美術館を見に三日続けて行きました。絵がよく分らない子供の私も其処へ入る度に何とも知れない静かな嬉しい気持になるのでした。昔の名人の絵を写して描いて居る人も大勢ありました。それには女の人が多かった様でした。私より少し大きい位の人が絵を見ながらそれと同じものを切《きれ》へ刺繍《ぬひ》で置いて居るのを見て感心しました。ナポレオンのお部屋にも皇后様のお部屋にも絵が並べられてありました。昔の飾りのされて居る間《ま》は一つもありませんですが、天井などの見事さを仰いで見ながら私は懐しい心を起して居ました。ルウブルの真中にある南門を出ますと直ぐ其処にセエヌ河が流れて居ます。岸のマロニエの青い影を映して静かに清く流れて居ます。河は、これが繁華な巴里の都の中の河かと思はるやうです。この辺で中島が出来てますから、大きなお寺のある向ふにも同じ程の幅のセエヌ河が流れて居るのです。橋の上に立って居ますと河を上り下りする遊覧船の沢山通るのが見えます。薄い色の服や夏らしい花を附けた帽子やが水に映って行きます。岸の木蔭の崕《がけ》石の上には本屋が並んで店を出して居ます。それは皆古本ださうです。川の南の街は大方静かな街で、東京の本郷のやうな処と同じ感じがされるやうです。京都では上《かみ》京《きやう》の学校の近辺のやうだと云ひたいやうです。大学校も皆此方にあるのださうです。女の学生を沢山見ますのも此方《こちら》です。河から十五六町爪先上《つまさきあが》りになった道の先にリユクサンブル公園があります。数知らずの美くしい色をした花が錦のやうに植わったのが地の上で、上にはアカシヤやマロニエの大木が枝を広げて居ます。銅像も数へきれない程あります。広さは上野公園の二倍位でせうか。噴水の下の池へおもちゃの船を持って来て浮べて居る兄弟が幾組も幾組もあります。乳母が附いて来て居るのであります。乳母の風《ふう》は必らず決って居るのです。それは帽の後《うしろ》へながい三尺程のリボンを二筋下げて居るのです。公園を東へ出まして二町程行きますとパンテオンと云ふお寺があります。このお寺は仏蘭西の名誉となる事をした人のお墓を政府《おかみ》で造るお寺ださうです。壁に描いてある絵が皆立派なものであることを君様はお教へ下さいました。まだいろいろな事を申し上げようと思ったのですが余り長くなりますから今日はこれでお終《しま》ひに致します。明日あたりまたお手紙が戴けるかと思って居ます。それを楽しみに思ひましてこれから寝《やす》みます。さようなら。

（9）　　仏国巴里ニテ

『環さん。環さん。』

平常《ふだん》落着いて居るりん子が何時《いつ》にないあわただしい調子でかう云ひました。

『なあに。』

習字をしながら環はかう云って居るのでした。

『一寸《ちよつと》、一寸早く此処へ来て頂戴よ。』

と振返って云って、又りん子は窓掛のレエスに顔を当てて外の下の方を見て居ました。

『なあに、真実《ほんとう》に。』

立って来た環は友の肩に手を掛けてか

う云ひました。

『環さん、そら、此方《こちら》へ歩いて来る二人の人ね、私どうも私のお父様と母様のやうな気がしますわ。』

『おや、さう。』

『どうもさうらしいわ。下を向いていらっしゃるから顔が少しも見えないけれど。』

とりん子は云ひました。

『ちっとも初めから見えなかったの。』

『え丶、ちっとも。』

二人はかう云ひながらも中庭の石の上を来る人等に目を放さないのでしたが、高い処から見るのですから次第にはっきりと見えて来るのは唯シルクハットの先と、婦人の帽に附けた水色の駝鳥の羽とだけなのです。西洋人であるのか日本人であるのかも分る訳はありません。

『おいでになるのには未だ八日あるのでしたわね。』

『さうよ。』

嬉し相だったりん子の顔は又だん〱と失望の色に包まれて行くやうでした。りん子のお父様と母様のおいでになった国は欧羅巴《えうろっぱ》の中でも北の方の瑞典《すえぇでん》と云ふ国なのです。君様は其うちにりん子を其処へ伴れておいでになるおつもりで、両親の方へもさう云っておありになったのですが、丁度此夏父様のお役が変って一先《ひとま》づ日本へ帰っても好い事になったので、自身の方で巴里迄行ってりん子に逢ふ事に致しますと君様へ手紙で云って来たのは一月《ひとつき》程前の事でした。さうして此九月の十六日頃にいよいよ巴里へ着くであらうとりん子の処へ母様から云ってお遣《よこ》しになったのはまだ四五日前の事だったのです。

『今日なんか着く筈はありませんのね。』

がっかりとした調子でりん子は云ひました。

『下の廊下迄行って見ませうか、ねぇりん子さん。』

と環は慰めたい心で云ひました。

『だめですわ、よしませう。』

とりん子は云ひました。

『あなた昨日の写生を見せて頂戴な。』

友の手を取って優しく椅子の処へ伴れて来ながら環はかう話を変へようとしました。

『拙《まづ》くって、拙くって。』

りん子も気を引き立てたやうに云って、ブロオニュの森へ昨日入って池の船だのあづまやだのを書いて来た手帳を机の引出しから出して拡げながら二人で見て居ました。もしや戸を叩く人がないかとりん子は待たれないでも無いのでした。

『環さん。私は父様達に逢ったら一番にあなたの親切を話しますわ、そしたらあなたを恩人だと思はなければいけないとどんなに父様達が云ふか知れないと思ひますわ。』

『厭な方、そんな事云はないでいらっしゃいよ。恩人なんかぢゃちっともないわ。』

『でもあなたが無かったら、私はあの叔母さんと同じやうに今頃は気違ひになって居るか死んで居るかですわ。』

かう云った時りん子の目には涙が溜って居ました。ことことと戸を叩く音がしました。中から戸を開けたりん子と顔を見合せた小間使は、

『あなた、お召《めし》で御座います。』

と云ひました。

『はあ、唯今。』

と云ひながらもりん子の胸は怪しい程高く鳴るのでした。りん子が小間使いと一所に出て行った跡で環は又習字を続けて居ました。三十分も経った頃りん子が入って来ました。

『環さん。やっぱり父様達。』

『さう、嬉しいのね』

『倫敦《ロンドン》へ寄るのを後にして先に此方へ来たのですって、あの時に来てそれから君様に御挨拶申し上げて居たのでしたのよ。お客間に居ますの。君様が今お入りになったので私一寸《ちよいと》あなたにお知らせに来たのよ。』

『ありがたう。私もう少ししてから御挨拶に出ますわ。』

『さう。』

とりん子は少し物足りない様に云って居ました。

『あなたはちっとの間《ま》でも彼方《あちら》にいらっしゃいよ。』

急《せ》き立てるやうに環に云はれてりん子は点頭《うなづ》きながら出て行きました。環は置いた筆を又取って字を書かうと思ふのでしたが、嬉しい心持が余り多くなって頭がぐらぐらして、手も慄へて習字は出来なくなりました。膝へ手を組んで前を見詰めながら、日本へ帰って両親に逢った時の自身の心持などを想像して居ますうちに少し寂しくなって来ました。

『馬鹿なこと、りん子さんを羨しがって居るのだわ。』

と気が附いた様に独言を言って又りん子の描いた水彩画を見て居ました。戸を叩く音を聞いて立って行きますと、入って来た方は薄鼠色の服を召した君様でした。

『環さんをお迎ひに来たの、お客様のこと聞いたでせう。』

『唯今りん子さんから。』

『さう、では行きませう。』

君様はかうお云ひになって先に廊下へお出になりましたが、梯子段の降り口にお立留《たちどま》りになって、

『環さんは今日のことを忘れてはいけませんよ。好い事をした報いの尊い事を、これから数知れずあなたは感じるでせうが、その一つの記念とし

て覚えていらっしゃい。』

と環におささやきになりました。二階のお客間へお入りになりました君様の後《うしろ》にお添ひした環は、其処《そこ》に喜びに酔った三人の瞳《め》の輝くのを見ました。

『松浦さん。奥さん。須川環さんを御紹介いたします。』

君様がかうお云ひになりましたので、環は黙って礼をしましたが、松浦氏夫妻は我を忘れて我子の小い恩人の傍へ駈けよりました。

『環さん。いろいろとありがたう。』

と松浦氏は云ひました。

『環さん。りん子を助けて下さいまして。』

夫人は言葉も続けて云はれない程感動して居るのでした。

（つゞく）

（10）

倫敦《ロンドン》のキングス、ロウドと云ふ街の旅館に君様のお着きになりましたのは、日本では菊が咲いて紅葉《もみぢ》の噂もちらほら聞く十月の末の事でした。環の室《しつ》にはもうりん子が居ませんでした。りん子は両親に伴れられて二十日程前に此処《こ》の見物を済して今は北欧羅巴《えうろつぱ》の方を廻って居るのでした。そして環はマリイと云ふ巴里で君様のお附きに雇ひ入れられた仏蘭西《ふらんす》娘《むすめ》と同室に臥《ね》起きして居ました。マリイは悧好《りかう》な女でそして日本語にもよく通じて居ました。一緒に居た方が環に語学の力が早く附くだらうと君様がお思ひになってさうお決めになったのでした。環はよく倫敦《ロンドン》の街をマリイと手を組んで歩いて居ました。薄紺色の服に鼠色の外套を着て、赤く光る桜実《さくらんぼ》を沢山附けた鍬形《くはがた》の帽を着た環と、まだ裾の高い少女らしい姿をしたマリイとはハイド公園の大きい池を夕方から廻り初めて、休み休み歩いて居るうちに十時過ぎにもなったので自働車を雇って帰って来たと云ふやうなしくじりもしました。レイゼント公園の市立動物園へ行きました時、二人は象の背に乗ったり駱駝に乗せられて花園を廻ったりして嬉しがって居ましたが、ある建物の中に入って硝子の四角な箱の並んだ中に、植物の葉の青い色が透いて見えるので、珍しい木なのだらうと思って顔を寄せて覗きました時、その幹らしい茶色の物がうねうねと動き出しました。それは蛇だったのです。

『マリイさん。』

『環さん。』

と云って、二人は手を取り合ひましたが、一寸《ちよいと》の間《ま》は其処を退《の》かうとするのに足が動きませんでした。眼前《がんぜん》の物が恐かったよりいくつもいくつも奥の方に続いて置かれた箱が皆蛇であると一時に感じたのがさうさせたのでした。二人は倫敦《ロンドン》の動物園は厭な処ですと其話をしては人を笑はせて居ました。ある日二人はテエムス河の傍のテイト美術館を見物しまして、それからネルソンの像の立ったトラファルガアの広場の方からゼエムス公園へ入りました。此公園を出ますと銅像の立った大きい広場があって突当りにバッキンハム宮と云ふ皇帝陛下の御所があるのです。御門は三つありまして真中の大きいのは大抵閉って居ます。少し小い横の二つの御門から人は御所の出入りをして居るのです。併し鉄柵の間からは三つのお玄関ともよく拝見することが出来るのです。御門の脇には緋の服を着て黒毛の一尺位の高さの帽を金糸の太い縄で頤でしめて来た絵の様な番兵が立って居ます。同じ風で帽だけを略帽にした兵士が十間《けん》おき位に御所の外を廻って居ます。環とマリイは御所の右の御門の処まで来ましたが、人が三四十人程も物待顔《ものまちがほ》に立って居るのを見まして、何かがあるらしいと思ひました。

『何でせう。環さん。』

『さう何でせうね。』

『私等も暫く見物して好いでせう。』

とマリイは云ひました。

『さうしませうね。』

と環も云ひました。其うちに追々《おひおひ》人が大勢になって来ました。百人余りも集ったかと思ふ頃、向ふから二頭引の馬車が一台来ました。そして環等の立った御門の口まで来て又すっと後《あと》へ退《ひ》いて左手へ走《は》せ去りました。其中には夜会服を着た美くしい貴婦人が二人乗って居ました。其後十分も経たないうちに又自動車が三人の貴婦人を乗せて来ました。窓からは手に持った菊の花束が見えて居ました。それも前のと同じ様に御門の所から引返して左へ走って行きました。それからは五分おき三分おき位に馬車と自動車が群衆の前を来ました。それが一時間余りも続いて居るのです。

『綺麗ですね。日本の桜の盛りの様ですわ。』

『バガテルの薔薇の花の様です。倫敦《ロンドン》の貴婦人真実《ほんとう》に沢山あります。巴里《パリイ》にこんなにありません。』

『もう千人余りの方がお通りになりましたのね。皇帝陛下はまあどんなに沢山の方を御所へお集めになる宴会を遊ばすのでせう。』

と二人は云って居ました。群衆が俄かにどよめきまして騎馬の警部が大勢出て来ましたので、又何かあるのかと思って、マリイが隣の人に英語で聞きますと、

『今日は陛下のお妹の内親王殿下が旅行からお帰りになるので、其ために陛下がお催しになる夜会ですから、そらあの貴婦人方は殿下がお着きになるまではああして御門を入らずに御所やら公園やらを幾廻りもして居るのです。』

と隣の人は教へてくれました。二人が先刻《さつき》から驚きの目を見張って見て居ました数多い貴婦人の車は実は同じ物を度々見て居るのだったのです。マリイが顔を赤めて環に話しますと、

『きまりが悪いこと。』

と環も恥しがって云って居ました。殿下のお車にお供して七八十台の車が御所の右のお玄関へ着きました頃に奥の方から管絃楽の声が聞えて来ました。

二人は先刻《さつき》貴婦人の車が走り去った方へ向いて歩いて居ました。

『あら環さん。羊が居ます。』

と立留ってマリイが云ひました。

『沢山居ますこと。可愛いのね。』

『巴里では羊が放ってありません。面白いから暫く見て行きませう。』

『ええ。』

と云って二人の入って行きましたのは御所と並んだグリイン公園と云ふ処です。丁度、奈良の春日神社の鹿の様に放たれた羊は、子供にパンの片《かけ》などを貰って食べて居るのもあり、羊どしが戯れて居るのもあります。

『日本に居る様な気がしますわ。』

と環は云ひました。

『日本に羊が居るのですか。』

『さうぢゃないのですがね。丁度こんなにして鹿が居る処があるのです。それに巴里の公園は芝の上などへ行くことが出来ませんのに、此方《こちら》では自由にしたいはうだいに遊んでもい、事になって居るのですもの、のんきですわ。』

二人がベンチに腰を掛けて居ますと大小交ぜて四五疋の羊が傍へ来ました。

『環さん。不思議。』

と突然マリイが云ひ出しました。

『なあに。』

『見て御らんなさい。彼処《あすこ》のマロニエの木に日本の字が書いてあります。』

とマリイは云って、一間《けん》程離れた処に立った木の幹を指差しました。環は物も云はずに其傍へ走り寄りました。字は油絵の具の白いので二行に書いてあるのでした。小い字であることは云ふ迄もありません。環がよく見ますと、
　なつかしいたまきさま。

と云ふのでした。

『あら、りん子さんだった。』

と環はさけぶやうに云って、友が書いて留めた字のある木をりん子の姿を見入る様につくづくと眺め入るのでした。

―（つゞく）―

（11）

十一月の末に環は君様のお供をして倫《ロン》敦《ドン》を立ちまして、ドウバアと云ふ英国の港から向側のオステンドと云ふ白耳《ベル》義《ギイ》の港へ渡りました。白耳義《ベルギイ》は仏蘭西《フランス》の北隣の国で、昔は一つの国だったのださうです。仏蘭西《フランス》のカレイから海峡を渡りました時は一時間半位しか掛りませんでしたが、今度は四時間の余もかかりました。丁度日暮方に着いたのですが、荷物の調《しらべ》が済むと港に待って居ました汽車に直ぐ乗りました。汽車は一時間程の後に大きい都会の停車場《すていしよん》で停りました。

『此処がガンと云って白耳義《ベルギイ》の第二の都会です。ブラッセルへ行く丁度半分程の処です。』

と君様はお教へになりました。環は巴《パ》里《リイ》によく似た美くしいブラッセルを四五日程で見物しました。例のマリイと一緒にです。さうして居ますと松浦りん子から十二月二日にアントワアプを出る日本郵船会社の船に乗って帰ると云ふ手紙が倫敦《ロンドン》を廻って此処へ転送されて来ました。りん子は君様の処へもさうおしらせして来たのでした。

『あなたも帰りたくなるでせう。』

と君様は其手紙を置きながら環にお云ひになりました。

『帰りたう御座います。』

と環は云ひました。

『あなた正直でいいのね。伴れて帰りませう。早く父様や母様のお傍へね。』

『君様。何時《いつ》頃。』

『さあ、これから未だ独逸《ドイツ》へ行かなければなりませんからね。ともかくもアントワアプへ行っててりん子さん達に先に逢ってね、同じ船で帰る約束をして置いて、それから和蘭《オランダ》から独《ド》逸《イツ》を廻って一度巴里《パリイ》へ帰って、マルセーユから船に乗る事にしませう。』

と君様はお云ひになりました。環は嬉しくてならない気になりました。

『そして君様。アントワアプと云ふ処はお近い所なのですか。』

『直ぐなの、やっぱり白耳義《ベルギイ》なのだから。』

『汽車で参るのですか。』

『さう。三十分も汽車に乗れば行けるの。』

『そんなに近い所にりん子さんは来て居るので御座いますか。』

『さあもう多分船に来て居るでせう。それでは明日の夕方からでも此処を立ちませう。』

と君様はお云ひになりました。翌日荷物を拵へましてから環はまたマリイと馬車に乗りまして、もと博覧会場であった街の北の森の中に残った各国の建物を見に行きました。

『あなたの国の家を先に見せませう。』

と御者は仏蘭西語《フランスご》で云ひました。

『ウイ。ウイ。』

と環は点頭《うなづ》いて云って居ました。馬車は其処から大通りを曲って白楊《はくやう》の落葉して裸木《はだかぎ》になった中の細道へ入りました。

『あれでせう。』

とマリイが云ふのを、環が透して見ますと、赤と黄と青で塗り立てた大きい建物なのです。

『あら、台湾の家かしら。』

と環は独語《ひとりごと》して居ました。

『日本の家にこんなのもあるのですか。』

とマリイは云ひました。馬車はその家の前に停りました。

『シノア。シノア。』

と御者は得意相な笑顔をして云ひました。

『あら、私支那人ぢゃありませんわ。』

と環は云ひました。

『ほ、ほ、ほ、間違ったのでせう、ほ、ほ、ほ。』

とマリイは声を立てて笑ひました。さうして御者に、

『あなた、この方は日本人ですよ。失礼な事を云ってはいけないのよ。』

と注意しました。御者もきまりが悪くなったと見えて、

『ウイ、ウイ。』

と云ふなり直ぐ馬に鞭を当てて走らせました。さうして日本の五重の塔の建てられてある処へ案内しました。帰りましてから環は支那人だと思はれた話を君様に申し上げますと、

『私の事なども支那人だとよく云ふから。』

と云って君様は笑っておいでになりました。それから直ぐアントワアプへ立ったのでした。此処は古くから港になって居た街で世界で、三番だと云ふ高いお寺の塔もあり、城のやうな建物が彼方此方《あちらこちら》に残って居たりなどもして、ある面白い趣きのある処です。街の端を流れて居る大きい川が海へ入って居るのです。その川へ船が出入りするのですから、川が即ち港なのです。河岸《かし》を自動車で走って居ますと、

『環さん、日の丸のお旗。』

と君様はお云ひになりました。

『あら。』

と環は云って、窓硝子に顔を寄せますと、直ぐ向うの方につながれた白い汽船の船尾に日本の旗が立てられてあるのでした。自動車は直ぐ留りました。

『あの船に伴れて帰って貰ふのですよ。』

と君様はお云ひになりました。環は踊り上る程嬉しく思ひました。船員や水夫の日本人が下甲板を歩いて居る姿を見てもなつかし涙が零れました。

『松浦さんはこの上の端の六十と云ふ

室においでになります。』

船の女給仕は君様に腰をかゞめてさう申しました。その室の前へ行きますと戸は閉められて居ないで青い緞子《どんす》の幕が引いてあるだけでした。

『松浦さんおいでゝすか。』

と君様はお云ひになりました。

『どなた。』

と云って走って出たのはりん子でした。

『まあ、まあ、君様。』

と云って、りん子が目を見張って居る横から環が、

『りん子さん。』

と云ひました。

『まあ、真実《ほんと》に真実《ほんと》に嬉しう御座いますこと。』

と吐息《といき》のやうにりん子は云ひました。廊下は狭いものですから、人の通るのに邪魔にされるものですからりん子はお客様達をもう一階上の甲板にある客室へ案内しました。そして甲板で本を読んで居た両親も呼んで来ました。環とりん子は少し端の方の椅子に二人並んで腰を掛けました。

『浦塩へ行った時の船よりも大きいことね。』

『さう二倍位あるのでせうね。環さん真実《ほんとう》にこの船で日本へお帰りになるのですって。』

『ええ、御一緒に。』

環はここちよげな笑顔を見せてかう云ひました。

『嬉しいことね。』

『私もよ。』

『けれど又一寸《ちよいと》別れるのですわね。それだけいやですわね。』

『でも二週間だけですわ。りん子さん日本へは来年の正月の十日頃着くのですって。』

『今年の新年会にあなたとお逢ひして、そして来年の正月は一緒に船の中でするのですね。』

と環はなつかしさうな目でりん子を見て云って居ました。これにて終《をはり》

＊仮名遣いは初出のままの歴史的仮名遣いとした。ただし、初出では促音・拗音が小さい字で表記されているため、それについてはそのままとした。
＊送りがな、当て字、会話の『　』などの記号、字下げなど、現在とは異なるものについても初出のままとした。
＊初出は総ルビであるが、パラルビに改めた。
＊誤植あるいは字が抜けていると思われる箇所は訂正した。左記の箇所である。
・160ページ上段2行目　云ったのです←〔初出〕云たっのです。
・163ページ下段5行目　ままの←〔初出〕ますの
・163ページ下段13行目　絨緞←〔初出〕絨段
・165ページ上段19行目　マロニエ←〔初出〕マロエニ
・169ページ上段3行目　トラファルガア←〔初出〕トラフヮルガア
・169ページ下段1行目　綺麗ですね←〔初出〕綺麗ですぬ
・170ページ下段6行目　突然マリイが←〔初出〕突然がマリイが
・172ページ上段10行目　赤と黄と青で←〔初出〕赤と菊と青で
＊（5）の目次には「お伽小説『環の一年間』を『をはり』とせしは誤り」とある。

主な参考文献（注にあげた著作を除く）

- 上笙一郎『与謝野晶子の児童文学〔増補版〕』（日本図書センター　一九九三・六）
- 上田博『与謝野寛・晶子　心の遠景』（嵯峨野書院　二〇〇〇・九）
- 『福沢諭吉選集』第九巻　解説（岩波書店　一九八一・一）
- 桑原三郎『諭吉　小波　未明　明治の児童文学』（慶応通信　一九七九・七）
- 石澤小枝子「児童文学の観点から見た『女学雑誌』」『フランス児童文学の研究』（久山社　一九九一・四）
- 小野由紀「野上弥生子の初期児童文学―『人形の望』「雛子」の意味―」「梅花児童文学」第八号（二〇〇〇・七）
- らいてふ研究会編『『青鞜』人物事典　110人の群像』（大修館書店　二〇〇一・五）
- 村瀬学『13歳論』（洋泉社　一九九九・二）

晶子略年譜と童話作品リスト

（ ）内は月あるいは月号を表す

	生活・出来事	児童文学
明治元年（一八六八）〜明治十年（一八七七）		福沢諭吉『訓蒙究理図解』（明1初秋）『世界国尽』（明2・8）『学問のすゝめ』（明4・11〜）『童蒙をしへ草』（明5・8）
明治十一年（一八七八）一歳	十二月七日、現在の大阪府堺市に生まれる。和菓子商駿河屋を営む父鳳宗七、母津祢の三女で本名志よう。異母姉二人の他に兄と弟、妹がいた	
明治二十一年（一八八八）十一歳	宿院尋常小学校を卒業して堺区堺女学校に入学	「女学雑誌」に「小供のはなし」欄創設（2〜） 「少年園」創刊（11）少年園社 落合直文「孝女白菊の歌」（「少年園」12）
明治二十二年（一八八九）十二歳	この頃から『源氏物語』などに親しみ始め、堺女学校に通う合間には店の帳場にも出た	巌谷小波『鬼車』（5）
明治二十三年（一八九〇）十三歳		若松賤子訳「小公子」（「女学雑誌」8〜）
明治二十四年（一八九一）十四歳	堺女学校を卒業する	巌谷小波『こがね丸』（1）
明治二十八年（一八九五）十八歳	高等女学校規程制定（1）	「少年世界」創刊（1）博文館
明治二十九年（一八九六）十九歳	堺敷島会に入会	「日本お伽噺」全24冊（10〜）博文館
明治三十二年（一八九九）二十二歳	関西青年文学会へ入会	「世界お伽噺」全100冊（2〜）博文館
明治三十三年（一九〇〇）二十三歳	「明星」創刊（4）東京新詩社／講演のため来阪した鉄幹与謝野寛と出会う（8）	エレン・ケイ『児童の世紀』スウェーデンで出版される
明治三十四年（一九〇一）二十四歳	上京し渋谷道玄坂の寛宅に身を寄せる（6）／歌集『みだれ髪』（8）／寛と結婚（10）	
明治三十五年（一九〇二）二十五歳	長男光生まれる（11）	「小詩人」（2、3）東京新詩社 国木田独歩「画の悲み」（「青年界」7） 押川春浪『武侠の日本』（12）
明治三十六年（一九〇三）二十六歳	父死去（9）	川上音二郎一座第一回お伽芝居公演（10）
明治三十七年（一九〇四）二十七歳	日露戦争開戦（2）／次男秀生まれる（7）／詩「君死にたまふこと勿れ」（9）／「ひらきぶみ」（11）／千駄ヶ谷へ転居（11）	
明治三十八年（一九〇五）二十八歳	「女子文壇」創刊、選者となる（1）	

◎印は『おとぎばなし少年少女』所収

年	生活・出来事	児童文学	掲載誌別作品年表
明治三十九年（一九〇六）二十九歳		小川未明「海底の都」（「少年文庫」11）	少女世界 創刊(9)博文館
明治四十年（一九〇七）三十歳	母死去(2)／長女八峰、次女七瀬生まれる(3)／閨秀文学会講師となる(6)		◎金魚のお使(6)
明治四十一年（一九〇八）三十一歳	森鷗外、文部省臨時国語仮名遣調査委員になる(6)／「明星」百号で終刊(11)	晶子『絵本お伽噺』(1)祐文社	少女の友 創刊(2)実業之日本社 ◎女中代理鬼の子(4) ◎金ちゃん蛍(6) ◎早口(7) ◎赤い花(8) ◎衣装もちの鈴子さん(9) ◎懸賞音楽会(10) ◎美代子と文ちゃんの歌(11) ◎お化うさぎ(12)
明治四十二年（一九〇九）三十二歳	ニコライ堂近くの駿河台東紅梅町へ転居(1)／三男麟生まれる(3)／寛と新詩社で古典の文学講演会(4)	巌谷小波「少年文学の将来」（「東京毎日新聞」2・27）	◎こけ子とこつ子(1) ◎山遊び(2) ◎鶯の先生(3) ◎女の大将(4) ◎芳子の虫歯(5) ◎蛍のお見舞(6) ◎蛙のお船(7) ◎おくりもの(8) ◎うなぎ婆さん(9) ◎虫の病院(10) ◎紅葉の子(11) 少女 創刊(9)女子文壇社

				◎お留守居(12)
明治四十三年（一九一〇）三十三歳	三女佐保子生まれ、里子に出す(2)／「大逆」事件(5)／麹町へ転居(8)	晶子『少年少女』(9)博文館 小川未明『赤い船』(12)	雀の学問(11)	◎三疋の犬日記(1) ◎伯母さんの襟巻(2) ◎ニコライと文ちゃん(3) ◎ほととぎす笛(4) ◎燕はどこへいた(5) お池の雨(6) 蜻蛉のリボン(7) 蓮の花と子供(8) お月様好きとお日様好き(9) わるもの鳥(10) 風の神の子(11) お蔵の煤掃(12) お月見のお客様(8) ◎「文ちゃんの朝鮮行」〔初出不明〕
明治四十四年（一九一一）三十四歳	四女宇智子を難産で出産、里子に出す(2)／随想集『一隅より』(7)／「青鞜」創刊号に詩「そぞろごと」を寄稿(9)／寛、渡欧(11)	幸田露伴「番茶会談」(「実業世界」1〜)	花簪の箱(1) 長い小指(9)	黄色の土瓶・上(1) 黄色の土瓶・下(2) 五人囃のお散歩(3) さくら草(3・臨) 欲のおこり(4) アイウエオの鈴木さん(5) 名を上げたい文ちゃん(6) 玉子の車(7) 流されたみどり(9) 神様の玉(10) 南と北(11) 鴨の氷滑り(12)
明治四十五年 大正元年（一九一二）三十五歳	『新訳源氏物語』(2〜)／寛を追って渡欧、ロダン訪問などを経て帰国(5〜10)		紫の帯(1)	環の一年間(1) 〜 休載(7) 環の一年間(12) **少女画報** 創刊(1)東京社 少女と蒲公英(4)

大正二年（一九一三）三十六歳	寛、帰国(1)／四男アウギュスト生まれる(4)／小説「明るみへ」東京朝日新聞に連載(6～9)	島崎藤村『眼鏡』愛子叢書1(2) 田山花袋『小さな鳩』愛子叢書2(3) 徳田秋声『めぐりあひ』愛子叢書3(8)	お師匠さま(11)	文ちゃんの見た達摩(1) 鳩のあやまち(2) 梟の思ひつき(3) つくしん坊(4) 自働車とお文(5) おとり鳥・上(6) おとり鳥・下(7)	鼠と車(5) お山の先生(6) 敏子と人形(7) 新しい鶴と亀(8) 二羽の雀・上(9) 二羽の雀・下(10) 霜ばしら(11) 鬼の名前(12)
大正三年（一九一四）三十七歳	寛と共著の紀行文集『巴里より』(5)／第一次世界大戦(8)／五女エレンヌ生まれ、里子に出す(11)	晶子『八つの夜』愛子叢書4(6) 野上弥生子『人形の望』愛子叢書5(8)			馬の絵(1) 森の中のお仕度(3) よい眼鏡(5) とんだこと(6) 隣の花(7) 馬に乗つた花(8) お礼の船(9) お留守番(10・臨) 川の水(11) 長い会の客(12)
大正四年（一九一五）三十八歳	「太陽」の「婦人界評論」に執筆始める(1)／随想集『雑記帳』(5)	晶子『うねうね川』(9)啓成社			新少女 創刊(1)婦人之友社 随想「私の生ひ立ち」(4～12)
大正五年（一九一六）三十九歳	五男健生まれる(3)／随想集『人及び女として』(4)	鈴木三重吉『湖水の女』(12)			随想「私の見たる少女」(1～12 10回連載)
大正六年	随想集『我等何を求	島崎藤村『幼きものに』(4)			お迎ひ(1)

（一九一七） 四十歳	むるか』（1）／六男寸生まれるが二日後に死去（9）／随想集『愛、理性及び勇気』（10）		芳子の煩悶（2） 六枚の着物（3） 五つの貝（4） 国世と少女達（5） 松の木（6） 蛍の探しもの（7） 石と少女（10） 天の菊作り（11）
大正七年 （一九一八） 四十一歳	随想集『若き友へ』（5）／シベリア出兵（8）	「赤い鳥」創刊（7）赤い鳥社	月夜（10・臨） 右の人、左の人（3） **少年倶楽部** 創刊（大3・11）大日本雄弁会 大阪の家（5）
大正八年 （一九一九） 四十二歳	六女藤子生まれる（3）／寛、慶応義塾大学教授に就任。昭和七年まで（4）	晶子『行って参ります』（5）天佑社 沖野岩三郎『熊野詣り』（10）	童謡掲載（3～12） **おとぎの世界** 創刊（4）文光堂 敬ひの手紙（11）
大正九年 （一九二〇） 四十三歳	西村伊作より文化学院創設の相談を受け寛らと会合を持つ（8）	吉屋信子『花物語1』（2）	**童話** 創刊（4）コドモ社 童話劇・子供と猫（12） ある春のこと（4） 解らないこと（1）
大正十年 （一九二一） 四十四歳	文化学院が創設され、学監になる（4）／第二次「明星」刊行（11）	小川未明『赤い蠟燭と人魚』（5）	五郎助の話（6） **大阪時事新報** 鉛筆から（3・20） 麦藁摘み（5・22） 正平さんと飛行機（10・16） **小学少女** 花子と赤鬼・上（1） 花子と赤鬼・下（2）
大正十一年	森鷗外死去（7）	有島武郎『一房の葡萄』（6）	老人と狐（1）

（一九二二）四十五歳			・「虫眼鏡」（7）『新童話傑作選集1』読売新聞社編収 —正子さんの鳩（5）
大正十二年（一九二三）四十六歳	関東大震災のため完成間近の『新新訳源氏物語』草稿焼失（9）昭和十年に完成	『鉄の靴』山村暮鳥（1）	・「文ちゃんの街歩き」（5）『新童話傑作選集2』読売新聞社編収
大正十三年（一九二四）四十七歳		晶子『藤太郎の旅』（11）朝日書房（『行つて参ります』の改題再版） 宮沢賢治『注文の多い料理店』（12）	
大正十四年（一九二五）四十八歳	寛、正宗敦夫と共に編纂した『日本古典全集』刊行（10～）	アンデルセン五〇年記念の会、各地で開催（8～10）	子供と白犬（5） 文ちゃんのお見舞（8） 童話劇・与謝の海霞の織混ぜ（11）
大正十五年 昭和元年（一九二六）四十九歳		佐藤春夫『蝗の大旅行』（9）	夢の蛙（6） **幼年倶楽部** 創刊（1）大日本雄弁会 小人のお丹さん（12）
昭和二年（一九二七）五十歳	第二次「明星」終刊（4）／荻窪に家を建て釆花荘と名付けた（9）	小川未明『未明童話集』全五冊（1～） 豊島与志雄『夢の卵』（3）	・「子供と白犬」（10）菊池寛編『日本文芸童話集・上』収（初出「童話」大14・5）
昭和三年（一九二八）五十一歳	寛と満蒙旅行（5）	芥川龍之介『三つの宝』（6）	・「文ちゃんのお見舞ひ」（9）菊池寛編『日本文芸童話集・下』収（初出「童話」大14・8）
昭和四年（一九二九）五十二歳	詩集『晶子詩篇全集』（1）童謡も含まれている	千葉省三『トテ馬車』（6）	

昭和十年（一九三五）五十八歳	三月二十六日　寛、肺炎で死去。享年六十三歳。晶子『白桜集』より二首。 筆硯煙草を子等は棺に入る名のりがたかり我れを愛できと わが上に残れる月日一瞬によし替へんとも君生きて来よ
昭和十七年（一九四二）六十五歳	五月二十九日　荻窪の自宅にて死去。享年六十五歳。告別の詩高村光太郎、挽歌堀口大学。多磨霊園の寛の隣に埋葬。命日は「白桜忌」と呼ばれている。 墓の棺蓋にはそれぞれ次の歌が刻まれている。 なには津に咲く木の花の道なれどむぐらしげりき君が行くまで（寛） 今日もまたすぎし昔となりたらば並びて寝ねん西のむさし野（晶子）

▽晶子の作品については、国立国会図書館、大阪府立国際児童文学館、三康図書館、東京大学明治新聞雑誌文庫、近代文学館などにおいて実際に雑誌や単行本に当たり、作品名は目次によった。
ただし以下のものは未見である。

『絵本お伽噺』（祐文社　明41・1）「牛のお爺さん」「羽の生えた話」の二編を収める。——入江春行著『与謝野晶子書誌』（創元社　一九五七・一）による。

「少女画報」の一編（大9・4）、「小学少女」の三編、「幼年倶楽部」の一編——鳥越信編『講座日本児童文学　別巻　日本児童文学史年表1』（明治書院　一九七五・九）による。
▽「少女」の一編と「大阪時事新報」の四編は、上笙一郎氏のご教示で判明したものである。

参考文献　鳥越信編『講座日本児童文学　別巻　日本児童文学史年表1』（明治書院　一九七五・九）
平子恭子編著『年表作家読本　与謝野晶子』（河出書房新社　一九九五・四）
日本児童文学学会編『児童文学事典』（東京書籍　一九八八・四）

あとがき

平岡敏夫氏は、近代文学史の中の与謝野晶子の位置について、「現実に対していかにたたかったかという求道者・高音部のみの基準で」評価された結果、『みだれ髪』と「君死にたまふこと勿れ」という二つのトピックスでしか近代文学史に扱われてこなかったことを指摘され、「理性以前のデモーニッシュな力」を含めた生きた晶子像を提言されました。(「与謝野晶子―近代文学の位置」「鉄幹と晶子」第二号　一九九六・一二)晶子が児童文学の領域に残した作品についても、性急に晶子の思想的反映を測ったり、晶子が完璧な母親であった証明に使ったりすることは、「求道者・高音部のみの基準で」作品や晶子を評価することになるでしょう。

「私は文ちゃんの話をするのだと思ふと自分がもう大層いい気持になつてしまひます。」と晶子が書いたように、私も晶子の童話を読むと「大層いい気持」になるのです。この気持ちを大切にして、よりゆたかな晶子像を結べるような勉強を続けていきたいと思っています。

この本をまとめるにあたって、以下に発表したものを再編、改稿しました。「短歌」第四二巻第二号(角川書店　一九九五・二)、『与謝野晶子を学ぶ人のために』(上田博他編　世界思想社　一九九五・五)、「鉄幹と晶子」第三号(上田博編　和泉書院　一九九七・一〇)、『明治文学史』(上田博他編　晃洋書房　一九九八・一一)、「鉄幹と晶子」第五号(上田博編　和泉書院　一九九九・一〇)、同誌第六号(二〇〇一・三)、『大正文学史』(上田博他編　晃洋書房　二〇〇一・一一)、「日本国際児童図書評議会ＪＢＢＹ会報」№95(二〇〇二・六)、「梅花児童文学」第一〇号(梅花女子

大学大学院児童文学会　二〇〇二・七）

たくさんの方のご指導と支えによって、この小さな本が出せたことに感謝します。

寛と晶子の四女である与謝野宇智子さんは、「さくら草」が書かれた明治四四年二月のお生まれで、今年九二歳になられました。ごいっしょに寛と晶子のお墓参りをさせていただいたのは一昨年の夏のことです。植物学者牧野富太郎博士の植物採集会に参加しておられただけあって、宇智子さんはしっかりした足取りでご案内くださいました。明治三九年生まれの晶子ファンである富村俊造さんにもながく励ましていただいたことをありがたく思っております。

宇智子さんと　寛・晶子の墓前で

同志社大学の学部以来ご指導いただいた玉井敬之先生、梅花女子大学大学院で児童文学について懇切にご指導いただいた谷悦子先生、晶子研究の先達であり、貴重な少女雑誌を惜しみなく借覧させてくださった上笙一郎先生にお礼を申し上げます。また立命館大学の上田博先生には、埋もれていた晶子童話を探して『金魚のお使い』『環の一年間』（和泉書院）の二冊の童話集を子どもたちに贈ることから始まり、主宰された文芸学術雑誌「鉄幹と晶子」（和泉書院）をはじめとした、さまざまな勉強と発表の機会をいただき、今この本を上梓するまでのご指導に感謝の言葉を持ちません。最後になりましたが、出版事情の困難なこの時節に得がたい機会を与えてくださった嵯峨野書院と編集担当者の鈴木亜季さん、装丁をしてくださった伊藤典文さんにお礼を申し上げます。

二〇〇三年三月

古澤　夕起子

索　引

ア行

カ行

サ行

タ行

ナ行

〈著者紹介〉

古澤 夕起子（ふるさわ・ゆきこ）

1957年　京都市生まれ
1985年　同志社大学文学部卒業
2002年　梅花女子大学大学院修士課程修了
現　在　立命館大学文学部講師
主要著書・論文
『与謝野晶子童話集　金魚のお使い』『環の一年間』（共編　和泉書院　1994.9）
『与謝野晶子詩集　春の風我にあつまる』（共編　啓文社　1997.10）
「晶子と童話」（「短歌」第42巻第2号　角川書店　1995.2）
「与謝野晶子の童話」（『与謝野晶子を学ぶ人のために』世界思想社　1995.5）
「童話『紫の帯』と随筆『おさやん』」（「鉄幹と晶子」創刊号　和泉書院　1996.3）
「与謝野晶子の童話『金魚のお使』」（「日本国際児童図書評議会 JBBY 会報」No.95 2002.6）
「明治期の少女雑誌と与謝野晶子」（「梅花児童文学」第10号　梅花女子大学大学院児童文学会　2002.7）

与謝野晶子　童話の世界　〈検印省略〉

2003年4月10日　第1版第1刷発行

著　者　古　澤　夕起子
発行者　中　村　忠　義
発行所　嵯　峨　野　書　院

〒615-8045　京都市西京区牛ヶ瀬南ノ口町39　TEL（075）391-7686/FAX（075）391-7321　振替01020-8-40694

共同印刷工業・兼文堂

ISBN4-7823-0373-4